Helmut Scharner

Mostviertlerin Tänzerin

Mostviertel-Krimi

Sämtliche Protagonisten dieses Romans, ihre Namen und ihre Handlungen sind frei erfunden, etwaige Ähnlichkeiten mit lebenden oder verstorbenen Personen nicht beabsichtigt.

1. Auflage
Marchtrenk, 2024
www.federfrei.at

Umschlagabbildung:
© horstmarka - Adobe Stock
Lektorat: E. Reisinger
Satz und Layout: Verlag federfrei
Printed in EU

ISBN 978-3-99074-296-9

Helmut Scharner

Mostviertlerin Tänzerin

Mostviertel-Krimi

federfrei
www.federfrei.at

1

Die Wut setzte sich in Saras Seele fest, wie das Zinnkraut in ihrem Garten. Sie musste handeln, sonst würde alles andere überwuchert, daher wählte sie seine Nummer.

»Wie oft soll ich es Ihnen noch sagen?«, tönte es aus dem Lautsprecher ihres Smartphones.

Kein Hallo. Kein Guten Morgen! Kein Wie geht es Ihnen?

»Aber wir hatten vereinbart, dass Sie mir die tausend Euro Anfang Juni überweisen.«

Schon während Sara sprach, ärgerte sie sich darüber, wie zaghaft und unsicher sie sich anhörte. Ihr Blick war auf die kupferfarbenen Dächer gerichtet, die sie von ihrem Garten aus sehen konnte.

»Wie ich Ihnen schon gesagt habe, der E-Herd funktioniert nicht, und auch der Geschirrspüler wäscht das Geschirr nicht sauber. Sie bekommen von mir keine Ablöse mehr. Die erste Zahlung reicht.« Schwarzmüllers Stimme klang so stark und bestimmt, wie Sara sich die Ihre wünschte.

»Henne! Henne! Henne!« Die vierzehn Monate alte Leni rutschte auf den dunklen Holzpanelen der Terrasse, auf der sie mit ihrem Lastwagen spielte, entschlossen auf ihrem Hosenboden rückwärts davon. Längere Telefonate ihrer Mutter duldete sie nicht, nur noch wenige Sekunden, dann würde Sara auflegen müssen. Sie hob ihren Kopf und sah die Storchenmama mit ausgebreiteten Flügeln auf dem stillgelegten Rauchfang landen. Sofort versorgte der große Vogel seinen Nachwuchs mit Futter.

Auch ich muss mich um meine Tochter kümmern, das Beste für sie herausholen …

»Bei der Übergabe haben E-Herd und Geschirrspüler noch einwandfrei funktioniert. Wir haben eine Vereinbarung! Die lautet auf insgesamt zweitausend Euro Ablöse für die Küche!« Diesmal klang Sara deutlich entschlossener.

»Verklagen Sie mich doch. Sie können nichts beweisen!«, lautete die Antwort, dann wurde die Verbindung unterbrochen. Schwarzmüller hatte einfach das Telefonat beendet. Saras Magen krampfte sich zusammen. *Warum habe ich keinen schriftlichen Vertrag aufgesetzt?* Sara wusste natürlich die Antwort. Dafür hatte sie einfach keine Zeit und vor allem keine Energie mehr gehabt. Den Umzug zu organisieren und sich gleichzeitig alleine um die zahnende Leni zu kümmern, hatten ihr alles abverlangt. Schwarzmüller hatte wie jemand gewirkt, dem man vertrauen kann. *Sein Beruf hat mich geblendet. Zum Glück habe ich vor der Schlüsselübergabe darauf bestanden, die erste Teilzahlung zu erhalten.*

»Henne! Henne! Henne!«, beharrte Leni weiterhin.

»Gott sei Dank hat dich nicht der Storch gebracht«, sagte Sara zu ihrer Tochter. Die grinste ihre Mutter hoffnungsfroh an. *Ohne die Alimente deines Vaters könnten wir uns das hier nicht leisten.* Sara ging in die Hocke und hob ihre Tochter hoch.

»Wir gehen ja schon zu den Hennen!«

Jetzt strahlten die braunen Augen Lenis so richtig. »Henne! Henne! Henne!«, wiederholte die Kleine begeistert. Sara griff sich die Tube mit Sonnenöl vom Gartentisch und schmierte eine frische Schicht in Lenis Gesicht, die sich das diesmal ohne zu meckern gefallen ließ. Das lila Hello-Kitty-Kleid und die cremefarbene Strumpfhose waren warm genug für den Ausflug an diesem Frühlingstag, der sich schon wie Sommer anfühlte. Sara trug Leni durch die verglaste Terrassentür in die Wohnküche und setzte ihre Tochter auf den Parkettboden. Dann füllte sie das Fläschchen mit frischem Wasser auf, das ebenso wie die Box mit den Maisstangerln in der Tasche landete, die immer mehrere Windeln, Feuchttücher und die Wickelunterlage beinhaltete. Natürlich fehlte auch die Geldbörse nicht – in der herrschte jedoch weiterhin Ebbe. Die braune Tasche hängte sich Sara um die rechte Schulter, danach hob sie Leni hoch und stieg die Treppen nach oben, wo sich Bad, Toilette und die zwei Zimmer der Wohnung befanden. Im Vorraum parkte der mittels beiger Farbe auf Retro getrimmte Kinderwagen. Zuerst beförderte Sara die Füße ihrer Tochter unter den mit Leder bezogenen Sicherheitsbügel, danach schloss sie die Gurte.

»Die Sonne scheint, setz dir bitte deinen Hut auf.« Die weiße Kopfbedeckung aus leichtem Stoff wurde von beiden Kinderhänden gepackt. »Bravo!«, lobte Sara Leni, nachdem diese es im zweiten Versuch geschafft hatte, dass der Hut richtig auf ihrem Köpfchen saß und die meisten der dicht wachsenden hellbraunen Haare darunter verschwunden waren.

Als Sara die Eingangstür öffnete, vermied sie den Blick in den Spiegel, der sie nur darauf hinweisen würde, dass sie sich noch rasch die ebenso braunen, aber viel längeren Haare waschen oder zumindest kämmen müsste. Und natürlich wäre schminken angesagt gewesen. Für diese Prozedur fehlte ihrer Tochter jedoch die Geduld. In der Zeitrechnung vor Leni hätte sich Sara kaum in so legerer Kleidung außer Haus getraut, da hatte sie immer topgestylt aussehen müssen – mit der knielangen braunen Freizeithose und dem dunkelblauen T-Shirt samt den Sportschuhen hätte sie bestenfalls eine Wanderung im Grünen absolviert, sie wäre darin aber nicht mitten durch eine Stadt oder auch nur ein Örtchen wie Sankt Georgen marschiert.

Immerhin habe ich mir meine schlanke Figur bewahrt, rief sich Sara ins Bewusstsein. Sie schob den Kinderwagen ins Freie und schloss die Eingangstür hinter sich ab. »Hier hast du dein Stangerl!« Zufrieden griff Leni zu und steckte ein Ende des Maisstangerls in ihren Mund. Sara lenkte den Kinderwagen talwärts, vorbei an den Wohnbauten, an denen sich anscheinend auch der Architekt von »Besser Leben« ein Beispiel genommen hatte, in deren Anlage Sara und Leni ihr neues Heim gefunden hatten.

Zinnkraut.

Auch in den Gärten mit Hanglage der Reihenhäuser wucherte das Unkraut.

Eine Babyschaukel.

Leni zeigte mit beiden Händen in Richtung des Gestells, das auf dem Rasen vor einem der Reihenhäuser thronte. Die Schaukel war erst am Nachmittag des Vortages montiert worden, denn Sara hatte sie beim letzten Spaziergang nicht bemerkt.

Übermäßig teuer ist so eine Schaukel gar nicht.

Sara seufzte, war sie doch schon im Baumarkt gewesen und hatte sich ein Angebot eingeholt.

Die Schaukel muss ich vergessen, eine Schande!

Noch immer zeigte Leni voller Zuversicht in Richtung der Schaukel, was Sara veranlasste, ihre Schrittfrequenz zu erhöhen und der enttäuscht dreinschauenden Leni das nächste Maisstangerl in den Mund zu stecken. Mit jedem Schritt, den Sara machte, wuchs ihr Zorn auf Schwarzmüller.

Der denkt wohl, mit der alleinerziehenden Mutter hat er leichtes Spiel! Der verarscht mich, und ich kann nichts tun!

Vor Sara tauchte der Kreisverkehr auf, in dessen Mitte der Heilige Georg auf einem silbern schimmernden Pferd ritt und den schwarzen Drachen erstach. Einige Sekunden lang blieb Sara stehen und betrachtete die Skulptur. Dann blickte sie Leni in die Augen.

»Wir beide lassen uns von niemandem verarschen. Wir nicht! Merk dir das!«

Genau dieselben Worte hatte schon ihr Vater verwendet. Sara erinnerte sich noch gut. Es war sein Leitspruch gewesen und den hatte sie sich verinnerlicht. Automatisch dachte sie daran, was im obersten Fach ihres Kleiderkastens hinter ihren Pullovern gut versteck lag. *Schwarzmüller hat ja keine Ahnung, mit wem er sich da angelegt hat.* Ein letzter Blick auf die Skulptur. *Erstechen werde ich dich nicht, aber die tausend Euro hole ich mir – auch wenn es riskant ist.*

Erleichtert darüber, eine Entscheidung getroffen zu haben, schob Sara den Kinderwagen über den Zebrastreifen. In der Ebene wirbelte ein Lüftchen die warme Luft durcheinander und sorgte für etwas Abkühlung. Sara passierte den Einkaufsladen, danach die Polizeistation und schließlich schob sie den Kinderwagen samt Leni die schmale Straße auf dem Gehsteig nach oben, die dann am Marktplatz neben der Kirche endete. Gerade als Sara einen Halt vor dem Schaufenster mit den Puppen einlegte, in dem Schneewittchen und die sieben Zwerge nachgestellt waren, begannen die Glocken laut zu läuten. Unsichere Augen schauten Sara an. »Alles in Ordnung, das sind nur die Kirchenglocken!«

Ich darf mich nicht erwischen lassen! Leni ist noch so klein und unsicher.

Obwohl Sara erst seit kurzem in Sankt Georgen wohnte, kannte sie den restlichen Weg bereits zur Genüge. Sie ging am Restaurant vorbei, dann bog sie rechts ab und es folgte der Juwelier mit den Traumringen, der gleichzeitig auch als Drehscheibe für die Post im Ort diente. Danach schritt sie die von Einfamilienhäusern flankierte Straße entlang. Ihre Gedanken verselbstständigten sich und drehten sich darum, wie sie ihr Geld von Schwarzmüller bekommen und gleichzeitig die Gefahr, von der Polizei geschnappt zu werden, minimieren konnte. Nur hin und wieder riss Leni ihre Mutter aus ihrer eigenen Gedankenwelt, wenn die Kleine staunend den herumhüpfenden Vögeln zuwinkte oder nach den prächtig blühenden Blumen greifen wollte, die hinter Gartenzäunen wuchsen.

Idyllisch, fast schon unwirklich. Hier eine Hüpfburg. Da eine Schaukel. Der Rosenstrauch, einfach zu perfekt. Hinter den Mauern sieht es sicher anders aus. Auch Schwarzmüller wirkte nach außen freundlich und entgegenkommend. Sara marschierte entschlossen weiter. Rechter Hand tauchte das Getreidefeld auf, durch das bald der Mähdrescher seine Schneisen ziehen würde. Links befand sich ein Wäldchen, Sara drehte den Kinderwagen um, sodass Leni in Fahrtrichtung saß und Sara den Wagen ziehen musste. Sehnsüchtig schaute Leni nach vorne, wo nun die ersten Hühner hinter dem Maschendrahtzaun inmitten des Wäldchens auszumachen waren.

»Henne! Henne! Henne!«, tönte es wieder aus dem Kindermund. Sara stellte den Wagen der Kleinen am linken Straßenrand auf den schmalen Wiesenstreifen vor der Hühnerfarm ab und trat auf den Balken, der die Bremse aktivierte. Rund um Lenis Lippen hatte sich ein gelber Film gebildet, der von den zerkauten Maisstangerln herrührte. Sara ersparte sich das Gezeter ihrer Tochter und wischte Leni nicht den Mund ab. Stattdessen löste sie den Gurt, griff der Kleinen unter die Achseln und holte sie aus dem Kinderwagen. Der Hahn samt seinen zehn bis fünfzehn Hennen wartete schon hinter dem Zaun. Schnell bückte sich Sara und pflückte mit ihrer freien Hand ein Büschel Löwenzahnblätter. Dabei achtete sie darauf, trotz der zusätzlichen Kilo, die sie einseitig zu tragen hatte, nicht das Gleichgewicht zu verlieren und auch ihren Rücken nicht zu sehr zu belasten.

Wenig später gackerten die Hennen zufrieden und pickten hin und wieder auf den Hahn ein, als sie die Blätter verspeisten. Für zwei bis drei Minuten starrte Leni gebannt auf die Hennen, dann zeigten ihre beiden Arme und ihr Kopf nach links zum Waldrand.

»Auf zu den Bäumen«, bestätigte Sara den Wunsch ihrer Tochter und trug Leni durch die Wiese hinüber zu den Fichten. Sie hob das Mädchen über ihren eigenen Kopf nach oben, sodass diese die Äste und Nadeln eines der Bäume mit ihren Fingern befühlen konnte. Grashalme kitzelten Saras Waden, ihre Arme wurden schwer und schon bald hatte auch Leni genug von den Nadeln und wollte die Rinde des Baumstammes betasten. Daher duckte sich Sara unter den Ästen durch und trat die drei Schritte zum Stamm nach vorne. Leni streckte ihre Arme aus, ließ ihre Finger jedoch nur ganz kurz über die raue Rinde gleiten, dann zeigten ihre Arme nach unten. Gleichzeitig beugten sich auch Kopf und Oberkörper der Kleinen abwärts.

Was hat sie denn jetzt entdeckt?

Sara erstarrte für einen Augenblick. Dann drehte sie sich geschockt weg, sodass Leni die Tote nicht mehr sehen konnte.

»Schauen wir wieder zu den Hennen!«

Mit pochendem Herzen lief Sara zum Maschendrahtzaun zurück, Leni trug sie dabei vor ihrer Brust. Die Kleine protestierte zwar, doch Sara riss schon das nächste Büschel Löwenzahnblätter aus und warf es in das Gehege. Diesmal spürte sie einen Stich im Rücken, da sie in der Hektik nicht in die Knie gegangen war, sondern sich gebückt hatte, um an die Blätter zu gelangen. Während die Hennen ihr frisches Essen aufpickten und Leni die Hühner dabei mit großen Augen beobachtete, überlegte Sara fieberhaft, was sie nun tun sollte. Gleichzeitig versuchte sie den stechenden Schmerz im Rücken auszublenden.

Estera.

Ich kenne sie.

Wenn ich die Polizei rufe, werde ich befragt, scheine in den Akten auf.

Das kann ich nicht gebrauchen. Nicht bei dem, was ich mit Schwarzmüller vorhabe.

Schon bald wird sie von jemand anderem gefunden. Sie ist tot. Auf eine Stunde früher oder später kommt es nicht an.

Sara blickte sich um. Weit und breit war niemand zu sehen.

Ihr schauderte.

Der Mörder könnte noch hier sein!

Nein, die haben sie mitten in der Nacht hier abgelegt. Bei ihrem Beruf kein Wunder. Das Ganze geht mich nichts an. Damit will ich nichts zu tun haben!

Nicht allzu weit entfernt hörte Sara das vertraute Geräusch eines Rasenmähers.

»Komm, wir gehen!«

Leni protestierte. Nachdem sie die Kleine angegurtet hatte, stellte Sara ihre Tochter mithilfe eines weiteren Maisstangerls ruhig, sodass die beiden auch auf dem Rückweg kein unnötiges Aufsehen erregten.

2

Sankt Georgen am Ybbsfelde stand auf dem Wegweiser geschrieben. Stefanie Leitner nahm beim Kreisverkehr die erste Ausfahrt und verließ die Bundesstraße. Ihr Weg führte sie durch flaches Ackerland, ein Güterzug ratterte gerade über die Gleise, als sie die Bahnunterführung durchquerte. Linker Hand folgten Fußball- und Tennisplatz. Das Navi ihres silbernen Passats lotste sie den Hügel hinauf. Den Marktplatz umrahmten Kirche, Volksschule, zwei Wirtshäuser und ein Juwelier mit der Aufschrift Traumringstudio und dem Zeichen der Post. Leitner bog rechts ab und folgte der Straße. Bald schon sah sie mehrere Autos am Straßenrand neben einem kleinen Wäldchen. Auch sie parkte ihren Passat an dieser Stelle und stieg aus. Eine uniformierte Polizistin erwartete sie und stellte sich mit »Umetzberger« vor. Sie ließ Leitner wissen, dass sie das Kommando über die Polizeiinspektion Sankt Georgen hatte. Unter der Kappe der drahtigen Frau blitzten blonde Haare hervor.

»Der erste Mord hier, seit ich zuständig bin«, merkte die Inspektionsleiterin an. Eine leere Scheibtruhe stand unmittelbar vor dem Hühnergehege. Der Mann daneben blickte Leitner neugierig entgegen.

»Das ist Alois Holzer. Er hat die Tote gefunden«, erklärte Umetzberger.

»Hat er was Interessantes berichtet?«

»Nichts Ungewöhnliches, er hat sie nur gefunden.«

»Ich rede trotzdem mit ihm.«

Leitner tat sich schwer, das Alter des Scheibtruhenfahrers zu schätzen. *Irgendwo zwischen fünfzig und siebzig Jahre.* Der stämmige Mann trug kurze Hosen, ein gelbes Poloshirt mit Krokodilaufdruck und Sneakers. Geblümte Gartenhandschuhe lugten aus seinen Hosentaschen hervor. Sein wettergegerbtes Gesicht wies tiefe Furchen auf, durch die grau-braunen Haare schimmerte die Kopfhaut durch.

»Ich habe heute rasengemäht, gleich da vorne wohne ich mit meiner Frau und meinem Sohn Heinz«, erklärte Holzer. Er zeigte zurück in Richtung Post und Kirche.

Hinter dem Maschendrahtzaun pickten mehrere Hennen und ein Hahn auf das Gras ein, das dort auf dem ansonsten erdbraunen Boden lag. Was außerhalb ihres Einzugsgebietes geschah, schien die Hühner nicht zu interessieren.

»Statt in die Biotonne werfe ich das Gras immer zu den Hühnern ins Gehege. Die freuen sich, wenn sie was Anständiges zum Fressen kriegen.«

»Verstehe.« Leitner schaute zum abgesperrten Bereich. »Von hier aus kann man die Tote aber nicht sehen.«

Holzer kratzte sich am Hinterkopf. »Naja«, sagte er. »Meine Blase ist nicht mehr die beste, da wollte ich da drüben pinkeln gehen. Ist einfacher so, daheim muss ich extra meine Schuhe ausziehen und mich hinsetzen. Wehe da ist auch nur ein Spritzer auf der Klobrille! Meine Frau ist da sehr pingelig.«

So genau wollte ich es gar nicht wissen …

Klingt aber plausibel.

»Sie sind also zu den Bäumen.«

»Genau.« Holzer nickte eifrig. »Ja, und wie ich dann den Reißverschluss aufmache und ihn raushole, schaue ich auf den Boden, und da stechen mir doch glatt diese rotlackierten Zehennägel direkt ins Auge.«

»Sie haben hoffentlich nichts angefasst.«

»Na hören Sie mal!« Holzer stellte sich breitbeinig hin. »Ich habe das schon unserer hochgeschätzten Inspektionskommandantin und Ihren sehr verehrten Kolleginnen erklärt. Selbstverständlich habe ich die Frau berühren müssen! Sie war halb verdeckt von Büschen und Brennnesseln, nur anhand ihrer Füße konnte ich nicht wissen, ob sie tot oder doch nur verletzt ist. Wäre ich nur dagestanden und hätte auf die Polizei gewartet, hättet ihr mich wegen unterlassener Hilfeleistung verklagen können.«

Auch wieder wahr.

Holzers DNA finden wir also schon mal sicher an der Leiche.

»Ihre Position haben Sie aber nicht verändert.«

»Sie ist genauso dagelegen wie jetzt auch. Was glauben Sie, was ich für einen Schock gehabt habe, als mich die toten Augen angestarrt haben!«

»Kennen Sie die Frau?«

»Nicht dass ich wüsste«, antwortete Holzer.

»Sie ist also nicht aus Sankt Georgen?«

»Unser Ort ist klein, jede Frau oder jeden Mann, der hier wohnt, kenne ich aber nicht. Meine Frau und ich sind zwar gebürtige Sankt Georgner, aber in den letzten Jahren sind viele Familien zugezogen. Auch Ausländer. Wie eine Mutter sieht mir die ja nicht aus. Dann schon eher eine Ausländerin«, mutmaßte Holzer.

Das eine schließt das andere eigentlich nicht aus.

»Ist Ihnen heute etwas Verdächtiges aufgefallen?«

Erstmals antwortete Holzer nicht sofort, sondern tat zumindest so, als würde er über Leitners Frage ernsthaft nachdenken.

»Nein«, antwortet Holzer dann. »Alles wie immer, bis auf die Leiche eben.«

»Danke. Frau Umetzberger«, Leitner wendete sich der Polizistin zu, »Sie wissen, wie wir Herrn Holzer erreichen können?«

»Ja, ich habe seine Nummer, und ich weiß, wo er wohnt.«

»Gut, dann dürfen Sie nach Hause gehen. Danke für Ihre Auskunft.« Leitner drückte Holzers Hand. Der schien es allerdings nicht eilig zu haben, heimzukommen.

Holzer hat hier sicher irgendwo hingepinkelt, bevor meine Kollegen angerückt sind.

»Die Scheune gehört dem Bauern, auf dessen Grund das Opfer gefunden wurde«, erklärte Umetzberger Leitner, während sie nacheinander über das Absperrband stiegen und sich dem Tatort näherten.

Geballte Frauenpower heute. Neben Frau Doktor Heiß erkannte Leitner auch die Kriminaltechnikerin Elfriede Auer. *Auer hat doch heute Früh einen Rock getragen.* Noch deutlich hatte Leitner das Bild vor Augen, wie die Verlobte ihres Kollegen Martin Huber leger auf dessen Schreibtischplatte gesessen hatte und ihr der dunkelblaue Rock bis über beide Knie hochgerutscht war. Leitner hatte das als vollkommen unpassend empfunden. Für einen Augenblick schloss die Inspektorin ihre Augen, um das Bild aus ihrem Gehirn zu verbannen.

»Junge Frau, nur ein Schuss, der war aber gut gezielt, ging mitten ins Herz und ist mit neunundneunzigprozentiger Sicherheit unsere Todesursache. Leichte Abschürfungen an beiden Handgelenken, könnten von Fesseln oder Handschellen herrühren. Todeszeitpunkt zwischen Mitternacht und fünf Uhr morgens.« Doktor Heiß versperrte Leitner die Sicht auf das Opfer.

»Genauer geht es nicht?«

Die Medizinerin schüttelte ihren Kopf. »Sie war schon tot, als man sie hier abgelegt hat. Ich werde sie aber selbstverständlich in der Gerichtsmedizin noch ausführlich untersuchen.«

»Schon was gefunden?«, fragte Leitner jetzt die Kriminaltechnikerin Auer. Die kam einige Schritte näher. Auch sie schüttelte ihren Kopf. »Wir nehmen alles mit, was wir im Umkreis von zwanzig Metern finden, inklusive Inhalt des Mülleimers.« Leitner hatte den blechernen Behälter schon gesehen, der neben der Holzbank am nächstgelegenen Baum angebracht war und sich daher nur zwei bis drei Meter vom Fundort entfernt befand. Sie nickte. *Der oder die Täter werden zwar kaum so blöd gewesen sein, aber es wäre einfach fahrlässig, den Abfall nicht zu untersuchen.*

»Zwanzig Meter sollten reichen«, bestätigte Leitner.

»Können wir sie abtransportieren?«, fragte Auer. »Alles ist vermessen und dokumentiert. Die Fotos vom Tatort geschossen.«

»Einen Moment noch.«

Doktor Heiß machte Platz und Leitner trat näher an die Tote heran, die für sie noch immer halb im Verborgenen lag. Ihre nackten Füße wurden von hellroten Stöckelschuhen verlängert, die vorne offen waren. Die Farbe der Zehennägel war perfekt auf ihre Schuhe abgestimmt. *Oder umgekehrt.* Schlanke Beine kamen zum Vorschein. Die Frau trug ein rot glänzendes, enganliegendes Höschen. Leitner ging in die Hocke, gleichzeitig zog sie sich Handschuhe über. Dann schob sie die Brennnesseln zur Seite. Für ihren grazilen Körperbau kam Leitner der Busen überdimensioniert vor. *Der rote BH ist eindeutig keine Push-up-Version und somit nicht der Grund für ihren mächtigen Vorbau.*

Das Gesicht der Toten glitzerte mit ihren dunkelbraunen Haaren um die Wette.

»Wir wissen noch nicht, um wen es sich bei der Toten handelt?«, wollte Leitner wissen.

»Nein, Ausweis hatte sie jedenfalls keinen dabei«, stellte Auer trocken fest. Leitner konnte auch keinerlei Kleidungsstück an der Toten ausmachen, das als Aufbewahrungsort hätte dienen können.

»Vermisstenmeldungen?«

»Fehlanzeige«, antwortete Umetzberger. »Ich habe auch schon mit meinen Kollegen in den umliegenden Inspektionen telefoniert. Die geben sofort Bescheid, falls eine Meldung reinkommt.«

Leitner nickte, dann meldete sich Umetzbergers Telefon.

3

»Ich habe Estera heute am Handy angerufen. Mehrmals.« Daria Ivanova wendete ihre Augen nicht vom Bild der Toten ab. Mit beiden Händen hielt sie Umetzbergers Smartphone fest umklammert und redete mit monotoner Stimme in akzentfreier Schriftsprache, ohne Leitner oder die Inspektionsleiterin eines Blickes zu würdigen.

Leitner öffnete die beiden Knöpfe ihres Blazers, die Nachmittagssonne grillte sie förmlich auf der Terrasse. Die blonde großgewachsene Bulgarin, die ihre Mitbewohnerin als abgängig gemeldet hatte, schluckte einige Male. Schließlich nickte sie. »Das ist Estera, ohne Zweifel«, bestätigte Daria den beiden Beamtinnen.

Was zum Teufel?

Ein lautes rhythmisches Geräusch in einer Art, wie es Leitner noch nie gehört hatte, ließ die Inspektorin aufhorchen.

»Das sind nur die Störche mit ihrem Nachwuchs. Da auf dem Schornstein.« Leitners Blick folgte Umetzbergers Handbewegung. Tatsächlich befanden sich zwei ausgewachsene Störche in ihrem Nest. Vom angesprochenen Nachwuchs war mit freiem Auge nichts zu erkennen.

»Ist es häufiger vorgekommen, dass Estera über Nacht weggeblieben ist?«, wollte Leitner wissen.

»Hin und wieder.« Daria schluckte. »Estera hat nachts gearbeitet.«

»Was genau hat sie gemacht?«

»Sie war Stripperin.«

»Wo?«

»In Amstetten.«

»In einem Stripclub?«

»Genau.«

Der muss man auch jede Information aus der Nase ziehen.

»Wie heißt der Stripclub?«

»Mostdance.«

Leitner schaute zu Umetzberger. »Eines von unzähligen Tabledance-Lokalen in Amstetten«, erklärte die.

»Wann haben Sie Estera zuletzt gesehen?«, wollte Leitner von Daria wissen.

»Gestern, muss kurz vor Mitternacht gewesen sein.«

»Wie und wo?« Schon als sie die Frage formulierte, war ihr die Antwort klargeworden. »Sie sind auch Stripperin.«

»Nichts, wofür man sich schämen müsste.« Daria fixierte zuerst Leitner mit ihren Augen, dann Umetzberger. »Strippen ist Kunst und Sport in einem. Kommen Sie doch vorbei und überzeugen Sie sich selbst.«

Werde ich nun zwangsläufig müssen. Kollege Huber wird mich beneiden. Der wäre Feuer und Flamme, im Stripclub zu ermitteln, trotz Elfriede Auer.

»Ist Ihnen gestern im Lokal etwas Ungewöhnliches aufgefallen?«

»Nein.«

»Hatte Estera Feinde?«

Kopfschütteln.

»Kennen Sie Esteras nächste Angehörige?«

Nochmals Kopfschütteln. »Estera war alleine in Österreich. Wir leben erst einige Monate gemeinsam hier. Zuhause in Rumänien hat sie Familie. Eine jüngere Schwester, auch einen Bruder. Ihren Eltern schickt sie regelmäßig Geld. Wie wir alle.«

»Verstehe, und hier in Österreich? Hatte sie einen Freund?«

Daria zögerte, bevor sie antwortete. »Sie hatte Verehrer«, sagte sie schließlich und fügte wieder »Wie wir alle« hinzu.

»Können Sie mir die Namen der Verehrer nennen?«

Auch diesmal Kopfschütteln.

Wahrscheinlich sind auch ihre eigenen Kunden darunter. Wenn sich in Amstetten rumspricht, dass die gute Daria geplaudert hat und wir bei den Familienvätern daheim auftauchen, kann sie sich bestenfalls eine andere Arbeitsstelle und ein neues Heim weit weg vom Mostviertel suchen, oder sie landet auf dem Tisch von Doktor Heiß.

»Wie ist Estera normalerweise von hier zum Club und wieder retour gekommen?«

»Sie ist meistens mit mir hingefahren. Ich habe ein Auto. Heimgekommen sind wir dann oft getrennt. Estera hatte keine Probleme, eine Mitfahrgelegenheit zu finden.«

»Wissen Sie, mit wem Estera gestern mitfahren wollte?«

Kopfschütteln.

»Okay.« Leitner seufzte und stand auf. »Zeigen Sie uns bitte Esteras Zimmer.«

Das Bett der ermordeten Rumänin war gemacht, die Bettwäsche war in hellem Orange gehalten.

Alles penibel geputzt. Von einer drogenabhängigen Stripperin oder Nutte weit entfernt.

Das Bücherregal an der Wand schien alphabetisch sortiert zu sein. Leitner sagten zwar die Autoren nichts und auch die Titel waren in einer für sie unverständlichen Sprache gedruckt, aber die Reihenfolge der Anfangsbuchstaben war Leitner sofort aufgefallen.

Auf dem kleinen Schreibtisch zum Fenster hin befand sich ein Laptop, daneben stach ihr das große, in weißes Holz gerahmte Foto eines Teenagermädchens ins Auge, das den Fotografierenden fröhlich angelacht hatte.

Das muss Esteras Schwester sein.

Leitner drehte sich zu Daria um, die im Türrahmen stehen geblieben war. »Sie fassen hier nichts an. Ich schicke sofort die Spurensicherung vorbei«, instruierte sie die Mitbewohnerin der Ermordeten. Danach verabschiedeten sich Leitner und Umetzberger von der Bulgarin.

»Auf nach Amstetten ins Mostdance, Sie zeigen mir den Weg«, sagte sie draußen zu Umetzberger und stieg in ihren Passat, ohne die Antwort der Polizistin abzuwarten.

4

Sara hievte Leni in den Kindersitz, der auf der Rückbank ihres weinroten Renault Clio seit Wochen seinen fixen Platz hatte. Das Mädchen trug ein weißes, rosagepunktetes Rüschenkleid, dazu ihren beigen Sommerhut. Leni war müde, was perfekt zu Saras Plan passte.

»Wir fahren eine Runde, du kannst schlafen«, sagte Sara zu ihrer Tochter. Sie zog die Gurte des Kindersitzes fest, bis das Kontrolllämpchen grün aufleuchtete und einmalig ein Piepsen zu hören war. Danach löste sie die Blockade, sodass sie den Sitz in die bequemere Ruhestellung ziehen konnte. Abschließend gab Sara Leni einen Schmatz auf die Wange und drückte ihr den Puuh-Bären in beide Hände, bevor sie die Wagentür schloss.

Wie immer lief Lenis CD, die Kleine liebte die von Kindern gesungenen deutschsprachigen Lieder mit südländischer Melodie. Langsam nervten die immer wieder gleichen Texte Sara zwar, aber sie hatte bisher keinen passenden Ersatz aufgetrieben. Erst jetzt, als sie ausparkte, registrierte sie das Polizeiauto und den Passat auf den Besucherparkplätzen.

Sie haben Estera gefunden.

Einerseits war Sara beruhigt, dass nicht zu viel Zeit verloren gegangen war, weil sie den Leichenfund nicht gemeldet hatte, andererseits stellte sich bei dem Gedanken an den Anblick der Toten jedes ihrer Körperhaare einzeln auf.

Hoffentlich hat Leni nicht verstanden, was sie da gesehen hat!

Sara legte den Vorwärtsgang ein. Kinderstimmen erklangen aus den Boxen des Autoradios, sie sangen lautstark ein Lied mit mexikanischem Rhythmus. Das Lied endete, als Sara den Kreisverkehr, in dessen Mitte der Heilige Georg kämpfte, in Richtung Amstetten verließ. Zur selben Zeit piepste der Kindersitz mehrmals kurz hintereinander.

»Alles in Ordnung!«, rief Sara sofort zurück zu Leni. Sie trat aufs Gaspedal, statt wie beim ersten Mal, als das Geräusch ertönt war, voller Panik ihren Renault zu stoppen, nur um festzustellen, dass Leni noch immer festgegurtet war. Nun musste sie nur mehr ihre Tochter beruhigen, die noch immer von dem Ton irritiert wurde, der fälschlicherweise erklang und damit eigentlich anzeigte, dass Leni nicht mehr sicher angeschnallt wäre.

Ein brummender Laut kam von Leni. Im Rückspiegel konnte Sara ihre Tochter nicht sehen. »Alles in Ordnung«, wiederholte sie nochmals. Leni verstummte tatsächlich.

Beruhigt passierte Sara Eisenreichdornach und den dortigen Kinderspielplatz an der rechten Straßenseite.

Solange Leni nicht in den Kindergarten geht und ich kein höheres Einkommen habe, müssen wir hierherfahren, um die von Leni so geliebte Schaukel und die Rutschen zu genießen. In Sankt Georgen ist der mit Abstand beste Kinderspielplatz im Kindergarten integriert. Bei den Privathäusern können wir kaum anläuten und fragen, ob wir einmal schaukeln dürfen, oder gar rutschen. Aber anscheinend entsteht ein neuer Spielplatz in der Nähe des Tennisplatzes.

Sara glaubte fast, das vergnügte Lachen Lenis zu hören, das diese immer von sich gab, wenn sie auf einer der Rutschen auf ihrem Hosenboden beschleunigte und dann in den Armen ihrer Mutter landete. An diesem Nachmittag hatte Sara jedoch andere Pläne und keine Zeit, beim Spielplatz zu halten. Sie erreichte Amstetten, nahm mehrere Abzweigungen, fuhr am Mostdance vorbei – den Gedanken an die ermordete Estera verdrängte sie sofort wieder aus ihrem Kopf. Stattdessen konzentrierte sie sich darauf, den Schildern zum Schulzentrum zu folgen. Sie fuhr am Landespflegeheim vorbei, links tauchten der Sportplatz und das Jungendzentrum auf, rechts befand sich die Zufahrt zur Handelsakademie. Sie hielt vor dem Gebäude, in dem die zukünftigen Friseurinnen und Perückenmacherinnen ausgebildet wurden. Nur zwei Schülerinnen lungerten vor dem Eingang herum. Sara parkte auf dem Steinpflaster vor der Schule, ließ den Motor laufen, drehte sich dann um und sah, dass Leni ihre Augen geschlossen hatte. Den Puuh-Bären hielt die Kleine noch immer mit beiden Händen fest. Aus Erfahrung wusste Sara, dass ihr Wagen nicht allzu lange stillstehen durfte, schon gar nicht durfte sie den Motor abstellen. Sonst würde Leni aufwachen.

Nun strömten die Schülerinnen in Grüppchen und einige wenige auch einzeln durch den gläsernen Ausgang der Schule ins Freie. Der Lärmpegel erhöhte sich kaum, zu wenig war augenscheinlich übrig geblieben von der kindlichen Unbekümmertheit. Die Mädchen trugen kurze Röcke und leichte Blusen. Die wenigen Jungen bunte bedruckte T-Shirts. Auch das eine oder andere Pärchen kristallisierte sich vor Saras Augen heraus. Mehrere Autolenker stellten ihre Autos auf dem Parkplatz vor der Schule ab. Die Mütter und auch einige Väter warteten auf ihren Nachwuchs, wodurch auch Saras Renault nicht sonderlich auffiel. Um als Mutter eines Schülers durchzugehen, war sie zwar zu jung, aber Sara könnte gut und gerne die ältere Schwester sein, die ihren Bruder oder die Schwester abholte.

Endlich tauchten auch die ersten Lehrer auf. Allesamt trugen die Männer Kurzarmhemden. In ihren Händen hielten die meisten lederne Aktentaschen, einige der Professoren wollten anscheinend jugendlich wirken, denn sie kamen mit einem Rucksack auf dem Rücken aus dem Schulgebäude. Das waren dann auch diejenigen, die sich auf eines der Fahrräder schwangen, die auf dem überdachten Abstellplatz bereitstanden. Auch Schwarzmüller trug einen Rucksack, als er durch die Glastür ins Freie trat. Sara erkannte ihn sofort. Mit seinen graumelierten Haaren und der Brille auf der Nase wirkte er auch an diesem Tag seriös. *Dieser Betrüger sollte für seine Schüler ein Vorbild sein! Und dann verhält er sich so erbärmlich!*

Sara beobachtete, wie sich Schwarzmüller mittels Wäscheklammern die Hosenbeine verschmälerte und sich dann auf sein dunkelblaues City-Bike schwang. Der Lehrer überraschte Sara nicht nur mit seiner jugendlichen Dynamik, sondern auch, indem er nicht die Richtung zu ihrer ehemaligen Wohnung einschlug. Stattdessen radelte er genau in die entgegengesetzte Richtung davon. Schnell legte sie den ersten Gang ein, wendete und folgte dem Betrüger. Sie fuhr wieder am Pflegeheim vorbei. Schwarzmüller radelte am Fahrradweg entlang, wegen einer roten Ampel verlor ihn Sara kurz aus den Augen. Das Plakat vom Sommermusical stach ihr ins Auge, das noch im Juli Premiere feiern würde. Die Ampel schaltete auf Grün, Sara fuhr los, bog links ab und sah gerade noch, dass Schwarzmüller sein Rad neben dem Eingang zum Freibad abstellte.

Ein Leben wie ein junger Hund.

Ein Leben auf meine Kosten!

Da Sara keine Badesachen eingepackt hatte und außerdem Leni noch immer im Kindersitz schlummerte, blieb ihr nichts anderes übrig, als weiterzufahren. Ihr Minimalziel für diesen Nachmittag hatte sie erreicht. Sie wusste nun, wie lange Schwarzmüller dienstags in der Schule unterrichtete. Ihr war auch klar, dass sie schnell handeln musste, da der Schulschluss auch für die Berufsschule mit riesigen Schritten nahte und sie sonst bis nach den Sommerferien mit ihrem Unterfangen warten würde müssen.

Bis September kann ich mich nicht gedulden. Kommenden Dienstag ist es so weit.

5

»Ich weiß gar nicht, wie viele Stripclubs es mittlerweile in Amstetten gibt. Für die kleine Bezirkshauptstadt sind es jedenfalls viel zu viele! Fast jedes Lokal, in dem ich mir als Jugendliche die Nächte um die Ohren geschlagen habe, hat jetzt einen Tabledance-Bereich«, stellte Umetzberger fest. »Beim besten Willen kann ich mir nicht vorstellen, wo die jungen Mädchen heutzutage fortgehen können und nicht sofort mit nackten Frauenkörpern konkurrieren müssen«, fügte sie hinzu.

Leitner war Umetzberger zuvor mit ihrem Passat gefolgt. Sie waren an der Bezirkshauptmannschaft vorbeigefahren und hatten dann linker Hand auf einem kleinen Parkplatz ihre Autos abgestellt. Jetzt schritten sie zügig durch eine Fußgängerzone. An deren Ende lag ein Kaffeehaus, die Sitzgelegenheiten im Freien waren gänzlich von Gästen besetzt. Umetzberger bog rechts ab.

»Mostdance hat erst vergangenes Jahr eröffnet. Ich will mir gar nicht ausmalen, was die alles getan haben, um die Genehmigung zu bekommen, damit sie hier am besten Platz mitten in Amstetten ein Striplokal aufmachen dürfen.«

Die Damen auf den Postern sind jedenfalls alle bekleidet. Für jede Geschmacksrichtung der männlichen Besucher schienen die Betreiber das passende Angebot zu haben. Ob blond oder schwarzhaarig, dünn oder mollig, blasse oder dunkle Hautfarbe, unterschiedliche Frauentypen zierten die Poster auf den verdunkelten Fenstergläsern neben der Eingangstür zum Mostdance. Die abgebildeten Frauen hatten, wie Leitner feststellte, nur zwei Dinge gemeinsam: *Jede trägt ein Dirndl, und jede der Damen füllt es mehr als zur Genüge mit ihrer Oberweite aus.*

»Dort drüben ist das Rathaus.« Umetzberger zeigte zur gegenüberliegenden Straßenseite. Vor Leitner lag ein breiter Weg für Fußgänger. Ein Brunnen sorgte für das angenehm plätschernde Geräusch. Dahinter vor dem Rathaus stach ihr die Skulptur eines Wolfs ins Auge. Linker Hand, knapp hundert Meter entfernt, machte sie mehrere Restaurants und Kaffeehäuser aus, die den Platz zwischen Gebäudereihe und Straße nutzten und dort ihren Besuchern gastgartenähnliche Atmosphäre boten. Das Mostdance lag direkt neben der Buchhandlung. Die Geschäfte und Lokale im Zentrum der Stadt wurden vor allem von Banken flankiert.

Schnell etwas im Freien essen, danach beim Automaten Geld in möglichst kleiner Stückelung abheben, um es dann einer der Damen ins Höschen zu stecken. So dürfte für einige Männer ein gelungener Abend aussehen.

»Ich gehe hinein und höre mich zuerst inkognito um. Sie warten bitte in einem der Kaffeehäuser, bis ich mich melde«, sagte Leitner. Ihr Magen knurrte, sie versuchte jedoch das aufkeimende Hungergefühl zu verdrängen. Umetzberger nickte, gleichzeitig führte sie ihren Arm halb in Richtung Kappe. Sie salutierte jedoch nicht vollständig vor Leitner, sondern drehte sich um und schritt in Richtung der Fußgängerzone davon.

Stefanie Leitner bezahlte beim Türsteher, der in Lederhose und Holzfällerhemd gekleidet war, die fünfundzwanzig Euro. Der Muskelprotz informierte sie, dass der Eintritt ein Gratisgetränk beinhaltete, und ließ die Inspektorin passieren, nachdem diese ihm erklärt hatte, auf Frauen zu stehen.

Schon von außen drang Andreas Gabaliers »I sing a Liad für di« an Leitners Ohren. Die Einrichtung des Mostdance erinnerte sie an einen Heurigen. Das Striplokal war rustikal mit Möbeln und Wandvertäfelungen aus hellbraunem Holz ausgestattet. Entlang der Wand standen Gartenbänke und robuste Tische. Das Licht war kaum gedämpft, jedoch waren mehrere Sektionen vor neugierigen Blicken mittels eines Holzgitterverbaus ähnlich einer Gartenlaube geschützt. In der Mitte des Raumes räkelte sich die dunkelhaarige Dame nicht wie sonst üblich an einer metallenen Stange, sondern sie zog sich an einem dicken Baumstamm empor, von dem die Rinde entfernt worden war, wobei ihr mehrere kurz abgeschnittene Äste als Aufstiegshilfen dienten. Leitner verfolgte, wie sich die Stripperin mit ihren Kniekehlen bei zwei solchen Ästen einhängte und ihren Oberkörper dann kopfüber nach hinten fallen ließ. Die Trachtenschürze, die sie noch als einziges Kleidungsstück trug, gab den Blick auf ihren rasierten Intimbereich frei, bedeckte jedoch ihre wild hin und her baumelnden Brüste – wenn auch nur unzureichend. Allerdings hätte sie sich ihre akrobatische Einlage sparen können, denn die einzigen vier Besucher, die Leitner ausmachen konnte, unterhielten sich an der Bar intensiv miteinander. Von dort hatte man zwar freies Blickfeld zum Stripteasebaumstamm, unmittelbar davor war aber auch der Fernseher montiert. Dort lief die Vorberichterstattung zu einem Fußballspiel. Die vier Herren hatten anscheinend beschlossen, sich das Spiel im Mostdance anzusehen. Flankiert wurden sie bereits jetzt von vier Damen, die allesamt Dirndl in einer Version trugen, die sowohl Beine als auch einen Großteil der Brüste freilegten. Auch Leitner setzte sich mit einigem Abstand zu den anderen auf einen der hölzernen Barhocker. *Nicht einmal einen Stoffbezug haben sie sich geleistet.* Bewusst hatte sie den Platz gewählt, der näher an der Bühne gelegen war, was es ihr nun erleichterte, mit der Akrobatin in Blickkontakt zu treten und ihr zuzunicken. Obwohl das Andreas Gabalier-Lied noch nicht zu Ende war, stützte sich die Stripperin mit beiden Händen an zwei kurzen Ästen in Bodennähe ab, ging kurz in den Handstand, und ließ dann rasch ihre Beine nach vorne hinunter zu ihrem Oberkörper kippen. Danach stieß sie sich mit ihren Armen ab und landete mit den Stöckelschuhen sicher auf dem Parkettboden. Eine angedeutete Verbeugung und sie verschwand von der Bühne, nur um wenige Sekunden später wieder aufzutauchen. Die Stripperin war jetzt in ein rosa-weißes Dirndl gekleidet und kam zielstrebig auf Leitner zu.

»Ich bin die Manuela«, stellte sie sich vor. »Spendierst du mir ein Glas Sekt, oder willst du gleich in eine der Lauben?«

»Stefanie.« Leitner räusperte sich, das blumige Parfum stieg ihr in die Nase. »Ein Glas Sekt für die Dame, für mich eine Cola!«, rief sie zur Barfrau.

»Das war beeindruckend, da eben auf der Bühne«, schmeichelte Leitner der Stripperin, als die beiden auf die Zubereitung ihrer Getränke warteten.

»Freut mich, dass es zumindest dir aufgefallen ist.« Manuela lächelte. »Auch beim Tabledance habe ich einige richtig geile Moves drauf. Du kommst gewiss auf deine Kosten!«

Das glaube ich dir gerne.

»Du bist zum ersten Mal hier«, stellte Manuela fest. »Bist nicht aus Amstetten, und eine Frau, das haben wir hier selten.«

»Ich bin aus Sankt Pölten, habe geschäftlich hier zu tun.«

Noch ist nichts gelogen.

»Freut mich besonders, dass eine Frau wie du zu uns gekommen ist!«

Die weiß auch, dass die Konkurrenz hier in Amstetten groß ist. Trotzdem zu dick aufgetragen.

»Ich habe gehofft, hier eine waschechte Mostviertlerin zu treffen.«

»Jo«, wechselte Manuela kurz in Mundart. »Da Heimo hot uasprüngli nua Österreicherinnen eisetzn woin.« Dann sprach sie wieder in Schriftsprache: »Das sollte das Unterscheidungsmerkmal zu all den anderen Stripschuppen sein«, erklärte sie. »Heimo jammert aber immer, dass er nicht genügend Stripperinnen findet, daher nimmt er jetzt auch Ausländerinnen.«

Das scheint dir ein Dorn im Auge zu sein.

»Aber du bist aus dem Mostviertel?«

Manuela nickte. »Ja, aus Randegg.« Sie lehnte sich an Leitner und legte ihren Arm um ihre Schulter. Ihre Locken kitzelten Leitners Hals, dann löste sich die Stripperin wieder von ihr und sah Leitner in die Augen. »I bin a woschechte Mostviertlerin. Nua die do san net gaunz echt. Wüst amoi greifn?« Sie hob ihre Brüste mit beiden Armen an.

Ich dachte immer, beim Strippen ist anfassen verboten …

»Nicht hier in der Öffentlichkeit«, wiegelte Leitner ab.

Manuela zwinkerte. »I versteh. Gemma noch hinten.«

Die Laube, wie Leitner den abgeschiedenen Teil in Gedanken nannte, bot, falls erforderlich, auch sieben bis acht Personen Platz. Stefanie Leitner war mit Manuela allein. Der Spaß würde sie fünfzig Euro kosten. *Dazu noch ihr Glas Sekt und der Eintritt.* Leitner bezweifelte, dass sie den Ausflug ins Striplokal auf ihre Spesenrechnung setzen durfte. Undercover-Agentin war sie keine, und das Sittendezernat war nicht ihre Abteilung. *Dort hätte ich mich vielleicht überhaupt zuallererst erkundigen sollen, bevor ich hier hereinspaziere.* Für einen Rückzieher war es aber zu spät. Manuela ließ vor ihr ihre Hüften kreisen. Aus den Lautsprechern ertönte »Ham kummst« von Seiler und Speer. *Irgendwie ironisch,* dachte Leitner. Wenn die Frauen der Besucher mitbekommen, dass die hier im Mostdance ein- und ausgehen, könnten sie wie die Gattin des Sängers im Songtext ebenso die Scheidung einreichen und die Männer wären die Gelackmeierten.

»Gfoit da, wost siachst?«

Manuela drehte ihr den Rücken zu, sie beugte sich nach vorne und hob ihren Rock hoch. Darunter kam ihr knackiger Po zum Vorschein, der wie ihre Beine ölig glänzte. Das Höschen, das sie trug, war nur ein mit rosa Rüschen verziertes Bändchen.

»Ja.« Sogar für sie selbst klang Stefanie Leitners Stimme heiser. Sie war aufgeregt, und Manuela würde glauben, dass sie erregt sei.

Manuela zog mit gleichzeitig kreisenden Hüftbewegungen ihr Höschen hinunter, was Leitner dazu veranlasste, ihren Kopf wegzudrehen.

»Gefällt es dir hier im Mostdance?«, fragte sie Manuela. Jetzt klang ihre Stimme wieder fest und sicher.

Abrupt unterbrach Manuela ihren Striptease, sie drehte sich zu Leitner um, ihr Rock bedeckte wieder ihre Scham.

»Wos soi des?«

»Ich habe nur gefragt, ob es dir hier gefällt.«

»I verdien a guats Göd.«

»Dein Chef, wie ist der so?«

Manuela stemmte die Hände gegen ihre Hüften. »Konkurrenz oder Polizei?«, wollte sie wissen.

Leitner zückte ihren Ausweis und wechselte zur förmlicheren Anrede: »Kennen Sie Estera Ionescu?«

»Sicha. Wos is mit der?«

»Sie ist tot.«

»Um de is eh net schod.«

Leitner las keinerlei Bestürzung in Manuelas Gesicht.

»De fünfzig Euro kriag i oba trotzdem.«

»Sie wollen nicht einmal wissen, wie es geschehen ist? Wo wir sie gefunden haben?«

»Na, loß mi mit der bloß in Rua! I hob mit de Ausländer nix am Huat!«

Leitner gab ihr das Geld, das sie sich eigentlich nicht verdient hatte, dann ließ sie die Stripperin gehen. An der Bar fragte sie nach dem Chef Heimo – und zeigte ihren Ausweis. Eine Minute später saß sie dem Betreiber des Mostdance gegenüber.

»Sie haben vielleicht Nerven, einfach in meinen Club hereinzuspazieren, mit einer meiner Stripperinnen ins Separee zu verschwinden und ihr erst danach den Ausweis zu zeigen. Eine Frechheit ist das!«

»Der Zweck heiligt die Mittel.«

Jetzt werde ich auch noch zur Philosophin.

Leitner warf einen Blick auf die Monitore hinter Heimo Sträusler. Jeden Winkel seines Stripclubs überwachte der Chef von hier aus. Nur auf den Toiletten waren anscheinend keine Kameras installiert.

»Sie haben ja sicher mitbekommen, dass Manuela nicht lange für mich getanzt hat, bevor ich mich zu erkennen gegeben habe«, rechtfertigte sich Leitner nach einigen Augenblicken der Stille.

Gleich darauf ärgerte sie sich darüber, denn Sträusler setzte nach: »Trotzdem«, begann der Stripclubbetreiber, »trotzdem werde ich mich bei Ihrem Vorgesetzten beschweren!«

Jetzt nur keine weitere Schwäche zeigen.

»Tun Sie das ruhig. Mein Name, wie gesagt, ist Stefanie Leitner, Inspektorin beim LKA Niederösterreich. Ich gebe Ihnen auch gerne die Durchwahl von Direktor Böck, meinem Vorgesetzten.«

Der Betreiber des Mostdance winkte lässig ab. Dann wischte er sich mit seiner rechten Hand eine Strähne seiner blonden Mähne aus der Stirn und glättete sich bedächtig sein hellblaues Sakko. Hätte Leitner Sträusler unter anderen Umständen getroffen, hätte sie in ihm eher einen Schlagersänger als einen Stripclubbesitzer vermutet. *Oder einen Schauspieler, der mich jetzt bewusst zappeln lässt, mich hinhält und dadurch ganz bewusst provoziert.*

»Sagen Sie mir doch einfach, weswegen Sie meinen Club mit Ihrer Anwesenheit beehren«, forderte Sträusler Leitner gerade noch rechtzeitig auf, bevor ihr die Geduld riss.

»Wir haben heute eine ihrer Angestellten, Estera Ionescu, tot aufgefunden.«

Sträuslers Augen weiteten sich. »Estera, tot? Das kann nicht sein!«

Falls er es schon gewusst hat, kann er sich gut verstellen.

»Haben Sie Estera noch gar nicht vermisst?«

»Vermisst?« Sträusler schien in Gedanken woanders zu sein, denn er beantwortete Leitners Frage nicht, sondern starrte auf den Monitor, der eines der Separees zeigte, in denen sich derzeit kein Gast und auch keine Stripperin aufhielten.

»Herr Sträusler, Frau Estera Ionescu ist doch heute nicht zur Arbeit erschienen, haben Sie sich da nicht gefragt, wo sie bleibt?«

»Vermisst. Estera. Nein. Estera ist, war mein bestes Pferd im Stall. Wegen ihr kommen die Männer scharenweise zu uns. Auch von weit her. Sie tritt, ist immer erst spät nachts aufgetreten. Sie wäre erst in ungefähr zwei Stunden gekommen, gemeinsam mit einer Kollegin.«

»Hatte Estera Feinde?«

Sträusler lachte auf. »Feinde! Estera! Kann man wohl sagen!« Er zeigte auf die Monitore. »Jede Einzelne da unten war auf Estera neidisch. Estera hat am meisten Kohle verdient und die anderen Mädchen hatten dadurch weniger. Wenn Estera hier war, wollten die meisten Männer nur mit der Rumänin ins Separee. Nur das bringt den Mädels richtig Geld ein. Die Männer sind da auch gleich zu viert oder fünft mit ihr nach hinten. Jeder musste den vollen Preis bezahlen. Haben die gerne gemacht. Die anderen Mädels haben dann vorne getanzt, aber nichts extra verdient.«

»Verstehe.«

Also jede Menge Stripperinnen, die befragt werden müssen.

»Estera hat … hatte einen klasse Körper«, erklärte Sträusler weiter. »Das allein reicht aber nicht aus. Den haben viele, und lasziv bewegen können sich auch die meisten.« Sträusler lachte. »Auch Manuelas Reize sind ja nicht zu übersehen. Nicht wahr, Frau Inspektor?« Leitner blieb stumm und ließ Sträusler einfach weiterreden. »In Esteras Augen konnte sich ein Mann aber verlieren. Die waren geradezu magisch. Alles rundherum konnte man vergessen, wenn sie einem erst einmal in die Augen geschaut hat. Ja, und dann noch ihre Lippen«, schwärmte Sträusler weiter. »Jeder Mann träumt davon, von solchen Lippen verwöhnt zu werden.« Der Stripclubbetreiber ließ sich in seinen Sessel zurückfallen. »Eine Schande ist das. Eine Verschwendung!«

»Männliche Verehrer?«, wollte Leitner nun wissen.

»Gibt es natürlich jede Menge.«

»Ich brauche Namen.«

Sträusler verschränkte seine Arme vor der Brust. »Wir führen nicht Buch über unsere Kunden.«

»Ich werde Ihre Damen danach fragen.«

»Kann mir schwer vorstellen, dass Ihnen die weiterhelfen.«

»Wie gut kommen Sie mit den anderen Stripschuppen in Amstetten klar?«

»Sind allesamt neidisch. Wie die Mädels auf Estera.«

»Warum?«

»Seit wir eröffnet haben, läuft das Mostdance einfach. Das Konzept mit den einheimischen Stripperinnen im Dirndl geht voll auf.«

»Die Ermordete ist aber Rumänin.«

»Stimmt, bei Estera habe ich eine Ausnahme gemacht. Estera spricht, Estera sprach aber perfekt deutsch. Da achte ich drauf bei meinen Mädels.«

»Esteras Mitbewohnerin, Daria Ivanova, strippt doch auch bei Ihnen im Club«, stellte Leitner fest.

»Erwischt!« Sträusler lächelte gekünstelt und öffnete beide Arme, sodass seine Handflächen zu Leitner zeigten. »Estera ist immer mit Daria mitgefahren, sie hatten eine Wohn- und Fahrgemeinschaft. Mehr als die Hälfte meiner Mädels ist aus Osteuropa. Ich hänge das ungern an die große Glocke, aber Manuela ist eine Ausnahme. Österreichische Stripperinnen sind heutzutage einfach schwer zu kriegen. Die mit einem geilen Körper und schönem Gesicht angeln sich lieber gleich einen reichen Kerl, bekommen Kinder und das ganze Zeugs rundherum, was halt so dazu gehört.«

Der hat ja ein Frauenverständnis!

»Ich muss mich jedenfalls mit jeder Ihrer Stripperinnen einzeln unterhalten, auch mit Ihrem sonstigen Personal. Türsteher, Kellner, Reinigungskräfte.«

»Aber nicht hier und vor allem nicht jetzt!«, wiegelte Sträusler Leitners Ansinnen ab. »Wir erwarten später volles Haus.« Der Stripclubbetreiber deutete auf den Monitor rechts außen hinter ihm, der keine Aufnahme seines Clubs zeigte, sondern die Liveübertragung des Fußballspiels.

»So ein Match ist Goldes wert, das lasse ich mir nicht zunichtemachen. Aber ich schicke Ihnen die Liste mit Namen und Kontaktdaten sämtlicher Angestellter noch heute Nacht zu.«

»Tun Sie das bitte umgehend.« Leitner stand auf und verabschiedete sich.

6

Sara parkte ihren Renault auf dem zugewiesenen Parkplatz. Sowohl das Polizeiauto als auch der Passat waren verschwunden. Stattdessen stand ein weißer Kleinbus vor den Wohnbauten von »Besser Leben«, den Sara noch nie hier gesehen hatte.

Schon als Sara an der Klinke der hinteren Autotür zog, öffneten sich Lenis Augen. Die Kleine grinste und war augenscheinlich ausgeschlafen. Nachdem Schwarzmüller im Freibad verschwunden war, hatte Sara noch mehrere Stadtrunden mit ihrem Auto gedreht und so Leni Gelegenheit gegeben, über eine Stunde im Kindersitz vor sich hinzudösen. *Eineinhalb Stunden kann Leni noch auf der Terrasse spielen.* Sara trug Leni samt der braunen Tasche hinunter ins Wohnzimmer, von dort ging es direkt weiter nach draußen. Daria goss gerade den Rosenstrauch mit Wasser, den die beiden Stripperinnen erst kürzlich in ihrem Garten gleich neben dem Zaun gepflanzt hatten, der Saras Grünfläche von der ihrer Nachbarinnen abgrenzte. *Ich wüsste zu gerne, was genau mit Estera passiert ist. Ob die Polizei schon einen Täter festgenommen hat?*

Sara – aufpassen!

Offiziell weißt du bisher nicht einmal, dass Estera tot ist.

»Hallo Daria«, grüßte Sara.

Daria antwortete mit einem leisen »Hallo«.

Die Bulgarin ließ sich von Sara jedoch nicht von ihrer Arbeit ablenken.

»Schön blüht euer Rosenstrauch schon!«

»Ja.«

»Vorhin bin ich mit Leni in die Stadt gefahren. Da habe ich ein Polizeiauto auf einem von unseren Parkplätzen stehen sehen. Weißt du, bei wem die gewesen sind? Es wird doch nicht in eine der Wohnungen von ›Besser Leben‹ eingebrochen worden sein?«

Daria drehte an der Düse das orangene Kunststoffteil, das am Ende des Gartenschlauchs montiert war, bis der Wasserstrom vollends versiegte.

»Estera ist tot«, antwortete Daria dann. Mit ihren Fingern befühlte die Bulgarin die Blüten des Rosenstrauchs. »Ermordet. Bei mir ist die Spurensicherung in der Wohnung.«

»Das ist ja furchtbar!« Sara setzte Leni auf dem Rasen zu ihren Füßen ab. »Mein Beileid. Weiß man, wer es getan hat?«

Daria wendete ihren Blick vom Rosenstrauch ab. Zuerst schaute sie zum Rauchfang, auf dem sich die zwei Störche ein Stelldichein gaben, dann sah sie erstmals an diesem Tag Sara in die Augen. »Nein, die Polizei hat keine Ahnung. Ich habe zwar einen Verdacht, muss mich aber erst selbst überzeugen, ob ich mit meiner Vermutung recht habe.«

Zieh mich da bloß nicht mit hinein.

»Du solltest die Polizei informieren!«

»Das kann ich nicht.«

Sara setzte zu einer neuerlichen Erwiderung an, wurde aber durch den Ton der Eingangsglocke unterbrochen.

»Entschuldige, ich sehe nach, wer das ist.«

Lenis Vater trug grau-blaue Bermudas-Shorts, ein rotes T-Shirt und Havaianas. Seine Augen wurden von der schwarzen Sonnenbrille verdeckt, die Sara schon zu oft an ihm gesehen hatte. Ihre feine Nase registrierte den Geruch von Spearmint-Kaugummi, als Bert sie auf ihre Wange küsste. Bevor Sara überhaupt »Komm doch herein« sagen konnte, tätschelte er schon Lenis Arm. »Hallo kleine Maus!«

Leni drehte sich von ihrem Vater weg und schmiegte sich eng an Saras Busen. »Du weißt doch, dass Leni nicht überrumpelt werden will«, zischte Sara Bert an.

»Hier die beiden Schlüssel für die alte Wohnung, die wolltest du doch.« Bert hielt den Schlüsselbund mit Zeigefinger und Daumen fest und schepperte damit provozierend vor Saras Gesicht. Leni beäugte die Aktion misstrauisch.

»Danke.« Sara riss ihm den Schlüsselbund aus der Hand. Bert verzog sein Gesicht zu einem Grinsen. »Ich gehe davon aus, dass ich von der Wohnung hier keinen Schlüssel mehr bekomme, oder?«, fragte er.

»Richtig gedacht.« Sara drehte sich um, stieg die Stiegen hinunter und trug Leni in den Garten hinaus.

Bert folgte ihr.

»Ich will Leni öfter sehen, dann ist sie nicht mehr so verschreckt, wenn ich sie besuchen komme.«

»Zuerst hörst du zu trinken auf, dann reden wir weiter.«

»Ich bessere mich!«

»Du hast vielleicht Nerven, in so einem Zustand hier aufzutauchen! Schnell einen Kaugummi einwerfen und du glaubst, ich merke nicht, dass du wieder gesoffen hast!«

Bert nahm die Sonnenbrille ab. Seine rot unterlaufenen Augen bestätigten Saras Vermutung. »Bezahlen darf ich für Leni, zu sehen bekomme ich sie nie!« Berts Stimme wurde mit jedem Wort lauter.

Leni begann zu weinen und kuschelte sich noch enger an Sara, ihre Finger krallten sich richtiggehend an ihrer Bluse fest.

»Werde erst einmal nüchtern! Und jetzt geh bitte!«

Statt Saras Aufforderung zu befolgen, setzte sich Bert auf einen der Gartensessel. Leni weinte lauter. Sara tätschelte beruhigend ihren Kopf.

»Was ist denn hier los?«

Ohne dass es Sara mitbekommen hatte, war Daria offenbar über den Zaun gestiegen und stand jetzt neben ihr.

»Halt dich du da bloß raus!«, schnauzte Bert die Bulgarin an. »Bleib in deinem Stripclub, zieh weiterhin den Männern das Geld aus der Tasche, aber lass uns in Ruhe!«

Daria schaute zu Sara.

»Bert ist wieder einmal betrunken«, erklärte Sara ihrer Nachbarin. Die baute sich vor ihm auf. »Du gehst jetzt besser. Sara will dich nicht hierhaben.«

Bert reagierte nicht, da fügte Daria hinzu: »Estera ist heute ermordet worden. Die Kripo ist bei mir. Ich brauche sie nur zu rufen und die verhaften dich. Mit einem Mal stehst du unter Mordverdacht!«

Nun sah Bert Daria ungläubig an. Je länger diese seinem Blick standhielt, desto unsicherer schien er zu werden. Leni heulte noch immer. Sara drückte sie an sich und streichelte mit ihrer freien Hand über den Kopf ihrer Tochter.

»Ich geh ja schon.« Bert stand auf, er wankte, Sara konnte es nicht übersehen. »Die Alimente zahlen darf ich, dafür bin ich gut genug«, grummelte er in seinen imaginären Bart. Sara war versucht, etwas zu erwidern, nur Darias strenger Blick und ihr kaum merkliches Kopfschütteln hielten sie davon ab. Erst als Sara hinter Bert die Eingangstür abschloss, atmete sie erleichtert auf. »Danke, dass du mir beigestanden bist«, sagte sie zu Daria. »Das vergesse ich dir nie.«

»Nicht der Rede wert. Betrunkene Männer gab es in Bulgarien jede Menge, und auch im Stripclub, mit denen komme ich klar.«

7

Stefanie Leitner war müde. Mehrmals war sie in der Nacht hochgeschreckt, die Bilder der Toten geisterten in ihrem Kopf herum. Sosehr sie auch versucht hatte, sie zu verdrängen, das Unterbewusstsein hatte sie nicht austricksen können. Sie musste den Fall lösen, dann würden auch die Bilder mehr und mehr verblassen. Sie hatte sich hin und her gewälzt. Ein Partner hätte neben ihr keinen Schlaf gefunden. Aber Stefanie lebte ohnehin allein in ihrer Wohnung in Sankt Pölten. Sie hatte sich bisher nicht sonderlich um Anschluss in der Landeshauptstadt bemüht, seit sie von Wien nach Sankt Pölten versetzt worden war.

An diesem Morgen führte sie ihr erster Weg zu Direktor Böck.

»Okay, lassen Sie die Damen in Sankt Georgen auf der Polizeiinspektion antanzen. Huber kann Ihnen bei den

Befragungen helfen.« Böcks Finger trommelten auf seinen überdimensionalen Bauch ein. Leitners Vorgesetzter schaute sie selbstgefällig an, fast schien es ihr, als unterdrücke Böck ein hämisches Grinsen. *Er ahnt, dass ich Huber nicht dabeihaben will. Den Grund dafür kennt Böck aber nicht.*

»Ist sonst noch was?«, fragte Böck.

»Nein, alles klar.« Leitner stand auf, verabschiedete sich und verließ Böcks Büro. Danach stattete sie Hubers inoffizieller Verlobten einen Besuch ab.

»Schon was gefunden?«

»Viele Spuren. Drei Fingerabdrücke am Höschen, die nicht von ihr selbst stammen. Ich lasse sie gerade durch die Datenbank laufen.«

»Kaliber?«

»Neun Millimeter, keine Übereinstimmung festgestellt.«

»DNA-Spuren?«

»Jede Menge. Wir brauchen Verdächtige zum Abgleich, es sind einfach zu viele Spuren, um sie alle durch die Datenbank zu jagen.«

»Verstehe, ich arbeite daran. Was dagegen, wenn dein Verlobter Zeit mit Stripperinnen verbringt?«

»Was?« Elfriede Auers Mund blieb offen.

Leitner zuckte mit ihren Achseln. »Böck hat ihn mir zugeordnet, Martin soll mir bei dem Fall helfen. Die Tote, Estera Ionescu, war Stripperin in einem Club in Amstetten. Das habe ich gestern rausgefunden.«

Jetzt lachte Elfriede Auer. »Na dann wird er ja einige Anregungen bekommen. Pass auf, dass er keine Dummheiten macht!«

Stefanie Leitners Magen zog sich zusammen. »Mach ich«, presste sie hervor. Schnell verabschiedete sie sich von der Kriminaltechnikerin.

»Scheiß Spiel gestern!«, rief ihr Huber entgegen, als Leitner die Tür zu ihrem gemeinsamen Büro öffnete. Der Dreitagesbart ihres ehrenwerten Kollegen hieß für Leitner, dass der am Vorabend die Nacht zum Tag gemacht hatte und erst sehr spät im eigenen Bett gelandet war. *Falls überhaupt.* Mit Schaudern erinnerte sich Leitner daran, wie Huber ihr als damals neuer Kollegin das Nachtleben Sankt Pöltens gezeigt hatte. Er hatte zwar nicht sie selbst angemacht, da sie ihm gleich zu Beginn zu verstehen gegeben hatte, nicht interessiert zu sein, aber er hatte mit praktisch jeder einigermaßen gut aussehenden Frau geflirtet. Geradezu penetrant hatte er sich an die Damen herangemacht. Noch immer wusste Stefanie Leitner nicht, ob Huber damals schon mit Elfriede Auer liiert gewesen war. Verständlicherweise hielten die beiden ihr Verhältnis geheim, da sich Huber und Leitner aber ein Büro teilten, hatten die beiden Turteltauben sie schließlich eingeweiht. Leitner wusste seither nicht, wie sie sich verhalten sollte. Elfriede Auer war mittlerweile schon fast so etwas wie eine Freundin für sie, aber nur fast. Es lag nicht an Elfriede Auer, Leitner war einfach nicht der Typ für Frauenfreundschaften. Hubers Art konnte Stefanie Leitner nicht ausstehen, sie versuchte daher so wenig Zeit wie möglich im gemeinsamen Büro zu verbringen.

Leitner ignorierte Hubers Versuch, mit ihr über das Fußballspiel zu reden. »Böck hat dich meinem aktuellen Fall zugeordnet«, sagte sie stattdessen.

»Wohin? Wer ist ermordet worden?«

»Nach Sankt Georgen am Ybbsfelde.«

»Wo ist das?«

»Nahe Amstetten, im Mostviertel.«

»Befragungen? Verhöre?«

»Jede Menge Befragungen. Die Ermordete war eine Stripperin aus Rumänien.«

Hubers Augen begannen zu glänzen. »Sag bloß, wir vernehmen die Kolleginnen der Toten!« Mit Zeige- und Mittelfingern beider Hände formte Huber in der Luft die Anführungszeichen, während er das Wort Kolleginnen aussprach.

Stefanie Leitner nickte.

Huber stand auf. »Wann fahren wir? Von mir aus kann es sofort losgehen.«

8

»Hier ist unser Jausenraum, den können wir zum Verhörzimmer umfunktionieren.« Umetzberger war geradezu begeistert von der Idee, dass ihre Polizeiinspektion als Dreh- und Angelpunkt für die Ermittlungen im Mordfall Estera Ionescu dienen sollte.

»Wo werden die Kollegen dann essen?«, wollte Stefanie Leitner wissen.

»An ihrem Arbeitsplatz«, stellte Huber fest, der sich neben Leitner im fast schon klinisch rein wirkenden Jausenraum aufbaute. Umetzberger nickte. »Dieses Zimmer wird derzeit ohnehin kaum genutzt.«

Das merkt man dem Raum auch an. Bis zu acht Personen würden darin Platz finden. An einer Wand war eine in Weiß gehaltene Kücheneinheit samt Kühlschrank, Spüle und Ceranfeld montiert. *Anscheinend bisher Verschwendung von Steuergeld.* Eine Kaffeemaschine wäre wahrscheinlich das einzige Gerät, das regelmäßig von den Polizisten in

Betrieb genommen worden wäre, doch die fehlte. Leitner erinnerte sich an den Automaten im Eingangsbereich der Polizeiinspektion. Auf einen exquisiten Kaffeegenuss würde sie also in den nächsten Tagen verzichten müssen. Um das nötige Koffein in die Blutbahn zu befördern, würde Leitner aber auch das Gebräu aus dem Plastikbecher oder Pappkarton trinken.

»Der Raum passt meiner Meinung nach perfekt für unser Unterfangen. Wann treffen die Ersten ein?«, wollte Leitner von Umetzberger wissen.

»Nach dem Mittagessen. Um halb zwei tanzt die erste Stripperin an.«

Huber grinste ob des Wortspiels der Inspektionsleiterin.

»Züchtig bekleidet«, stellte diese trocken fest. »Darauf habe ich extra nochmals hingewiesen. Entblößte Oberschenkel oder gar Busenblitzer brauche ich hier nicht.«

Hubers Grinsen verflüchtigte sich. *In der Hinsicht versteht Umetzberger keinen Spaß.* Das hatte sich Leitner schon gedacht. Nur zu gut erinnerte sie sich noch an Umetzbergers Aussage zu der ihrer Meinung nach viel zu hohen Anzahl an Striplokalen in Amstetten.

»Die erste Dame ist eine gewisse Manuela Distelberger. Die haben Sie ja schon bewundern dürfen.«

Ein schon fast schelmischer Grinser kehrte in Hubers Gesicht zurück. Stefanie Leitner kämpfte gegen die sich ankündigende Schamesröte an. »Alles rein dienstlich«, erklärte sie. »Ich habe versucht, inkognito im Mostdance zu ermitteln und so vor der offiziellen Untersuchung noch Hintergrundinformationen zu bekommen.«

»Da wäre ich gerne dabei gewesen.«

Das glaubte Stefanie ihm nur zu gerne. *Dann wären wir auch als geiles Pärchen durchgegangen und hätten länger durchgehal-*

ten und wir wären nicht, so wie ich, gleich nach wenigen Minuten aufgeflogen. Umetzberger schüttelte missbilligend ihren Kopf. »Am besten gehen wir jetzt in die Georgs Stub'n Mittagessen. Ich habe für uns einen Tisch im Freien reserviert.«

9

Das darf doch nicht wahr sein! Ausgerechnet die Inspektionsleiterin Sankt Georgens tauchte gemeinsam mit einem weiteren Mann und einer Frau im Gastgarten der Georgs Stub'n auf. Sara duckte sich instinktiv, doch natürlich war es vergeblich. Sie konnte sich nicht verstecken – und Leni verlangte bereits nach der nächsten Ladung Suppe, sodass Sara dem Bedürfnis, unter den Tisch zu kriechen, nicht nachgeben konnte.

Viel zu schnell und ohne lange nachzudenken hatte Sara Darias Einladung zum Mittagessen angenommen. Erst Sekunden nachdem sie von der Bedienung mit kritischen Blicken gemustert worden war, hatte Daria ihr die Augen geöffnet: »Ich bin hier regelmäßig mit Estera essen gewesen. Die Kellnerin denkt jetzt, du bist auch eine von uns.«

»Ich, eine Stripperin!« Sara hatte lachen müssen, doch als Daria ernst genickt hatte, war sie schnell verstummt.

In einem kleinen Örtchen wie Sankt Georgen war der Ruf schnell ruiniert, und es war geradezu unmöglich ihn wiederherzustellen. Das war Sara bewusst, deshalb schalt sie sich nun eine Närrin, die Einladung ihrer Nachbarin angenommen zu haben. *Ich habe schon ein uneheliches Kind, mein Ruf ist also auch so schon nicht der beste. Da brauche ich mir nichts vorzumachen.*

Daria richtete sich in ihrem Rattansessel auf. Umetzberger nahm leichtfüßig die drei Stufen nach unten und stand auf dem grauen Steinpflaster. Ihre Begleiter bewunderten den Wein, der sich im Innenhof an den Wänden emporrankte.

»Frau Inspektorin Leitner!« Daria winkte die Frau herbei. »Gibt es schon Neuigkeiten zu Estera?«

Die angesprochene Inspektorin schüttelte ihren Kopf. »Und wenn, dann würde ich das nicht hier hinausposaunen«, stellte Leitner sachlich fest.

»Aber zu fragen ist selbstverständlich in Ordnung.« Der Mann mit Dreitagesbart war nähergetreten und lächelte Daria an, dann wandte er sich Sara zu und stellte sich als Inspektor Huber vor. Sara blieb nichts anderes übrig, als auch ihren Namen zu nennen.

»Tut uns wirklich leid, das mit Ihrer Kollegin«, fügte Huber hinzu. Sara wollte schon einwenden, dass Estera keineswegs eine Kollegin von ihr gewesen sei. Gerade noch rechtzeitig wurde ihr jedoch bewusst, dass Huber seine Worte eindeutig an Daria gerichtet hatte. *Ich sehe also doch nicht wie eine Stripperin aus.* Mit einem Mal war Sara diese Erkenntnis nicht recht. Leni verlangte nach mehr Suppe, Sara füllte daher wieder den Löffel im Teller auf und führte ihn danach an den Mund ihrer Tochter. Unterdessen stellte Huber Daria noch ein paar unverfängliche Fragen, fast schien es Sara so, als flirte der Inspektor mit der Bulgarin. Sara hingegen wurde von ihm vollkommen ignoriert, was Daria zu ändern versuchte: »Sara ist meine Nachbarin«, erklärte sie.

»Stimmt, wir wohnen gleich nebeneinander, uns trennt nur ein Gartenzaun«, bestätigte Sara. Die Inspektorin, die sich als Leitner vorgestellt hatte, musterte sie interessiert.

Genau das wollte ich vermeiden! Nur nicht auffallen, war meine Devise. Das habe ich vollkommen vergeigt.

Auch die Inspektionsleiterin trat näher. Sie wirkte genervt. »Ich habe für ein Uhr reserviert. Da drüben ist unser Tisch. Ich setze mich und bestelle, ich habe nämlich einen Bärenhunger«, stellte Umetzberger fest. »Um drei Uhr habt ihr ohnehin einen Termin mit der.«

Von Daria hält unsere Inspektionsleiterin anscheinend nicht viel.

»Wir müssen! Sie haben ja unsere strenge Kollegin gehört.« Huber zwinkerte. »Dann bis bald auf dem Revier. Meine Damen.« Hätte Huber einen Hut aufgehabt, er hätte ihn angehoben, war sich Sara sicher. »Auf Wiedersehen«, sagte Leitner, dann drehte auch sie sich um und folgte den beiden anderen zum nahegelegenen Tisch.

»Die beiden Ermittler waren wohl nicht der Meinung, dass auch ich eine Stripperin sein könnte.«

»Aussehen tust du jedenfalls gut genug!«

»Ich habe ein Kind zur Welt gebracht, da geht das nicht mehr.«

»Auch als Mutter kann man strippen, sie mich an!«

»Du hast ein Kind?«

Daria kramte in ihrer Handtasche, holte ihr Smartphone heraus, strich über den Touchscreen und schon tauchte das schmale Gesicht eines lachenden Mädchens mit blonden Haaren auf. »Hermine, sie ist fünf, lebt bei meiner Mutter in Bulgarien. Ich vermisse sie so!«

Auch in Bulgarien war Harry Potter anscheinend ein Erfolg, war das Erste, das Sara zu dem Namen einfiel.

»Sie ist ja so süß!«

»Danke!« Daria griff in ihre Handtasche. »Ich war heute am Morgen schnell einkaufen. Hier eine Kleinigkeit für Leni.«

»Schau, Leni, Daria hat ein Buch für dich.«

Daria steckte von hinten ihren Zeigefinger in die Öffnung in der Mitte des Buches und bewegte den Kopf der Stoffraupe hin und her, die durch das Cover des Buches hervorlugte. »Ich bin die Rudi-Raupe«, sagte sie mit bewusst kindlich hoher Stimme. »Und ich fresse gerne Äpfel!«

Leni lachte begeistert auf und fasste nach dem Kopf der Raupe.

10

Manuela Distelberger würde keinen Schönheitswettbewerb gewinnen. Dafür waren ihre Gesichtszüge einfach zu grob und weit entfernt von der Eleganz, die man von einer Prinzessin oder Königin erhoffen, ja erwarten durfte.

Falls es die Wahl zu einer Mostprinzessin oder Mostkönigin überhaupt gibt, bräuchte sie nicht anzutreten, dachte Stefanie Leitner und schämte sich sofort für ihre abwertenden Gedanken.

»Setzen Sie sich doch bitte«, sagte sie zur Stripperin.

Trotz Umetzbergers Vorgabe hatte es sich Manuela nicht nehmen lassen, in einem engen gelben Top und einem Minirock samt High Heels zur Befragung zu erscheinen.

»I hob ned laung Zeit.«

Ihr Gesicht passt zu ihrer Aussprache. Grob und ungehobelt. Dass mir das gestern nicht aufgefallen ist! Da haben mich ihre körperlichen Vorzüge noch abgelenkt. Obwohl ich eigentlich nicht auf Frauen stehe.

Leitner erinnerte sich zurück an den Beginn ihrer Konversation des Vortages. »Frau Distelberger.«

»Nenn mi ruhig Manuela.«

Leitner atmete durch. »Gut, Frau Manuela, ich würde Sie bitten, in Schriftsprache und nicht im Dialekt zu sprechen, um Missverständnisse zu vermeiden. Ich selbst bin ursprünglich aus Wien, da tue ich mir mit ihrem extremen Mostviertler Dialekt schwer.«

»Außerdem führen wir Protokoll«, ergänzte Huber. Der Blick von Leitners Kollegen ruhte sekundenlang auf Manuela Distelbergers Busenansatz, der durch das tiefausgeschnittene Top von der Trägerin in Szene gesetzt wurde.

»Von mir aus, mit vielen meiner Kunden rede ich hochdeutsch. Wenn ihr wollt, können wir uns auch in Englisch unterhalten. Griechisch oder französisch kann ich zwar nicht sprechen, aber«, Manuela befeuchtete sich mit ihrer Zunge die Lippen.

»Sehr lustig.« Huber lachte.

Stefanie Leitner schüttelte missbilligend den Kopf. »Also«, begann sie, »erzählen Sie uns doch in aller Ruhe von vorgestern.«

Manuela hatte wie meist schon am Nachmittag mit ihrer Schicht samt den dazugehörigen Bühnenauftritten begonnen. »Die Show am Abend dominieren ja diese Ostschlampen«, schimpfte sie. »Dableiben muss ich aber. Nachhause gehen lässt mich Sträusler immer erst so gegen zwei Uhr Früh. Falls nämlich einer der Herren eine dunkelhaarige Originalmostviertlerin für sich strippen lassen und ihren Arsch nackt sehen will, kann es sich Sträusler nicht leisten, dass er genau so eine Akteurin gerade nicht verfügbar hat.«

»Wie ist das genau zu verstehen?«, hakte Leitner nach.

»Sträusler hat doch in sämtlichen Regionalzeitungen inseriert, dass für jeden Geschmack die passende Mostviertlerin bei ihm im Mostdance auf Kunden wartet. Keine dunkelhaarige Mostviertlerin wie mich zu haben, die sich die Kleider vom Leib reißt, wäre geradezu fatal für den Ruf des Clubs.«

»Wie ist die Nachfrage so?«

»Könnte besser sein.«

»Bei Estera Ionescu ist das aber anders gewesen«, stellte Leitner fest. »Die hatte haufenweise Kunden.«

»Diese Schlampe!« Manuela Distelbergers Augen funkelten zornig. »Da ist irgendetwas nicht ganz koscher gewesen. Alle wollten sie immer zu ihr! Estera, Estera, Estera, ich konnte es schon gar nicht mehr hören.«

»Daher haben Sie Estera aus dem Weg geräumt, um selber wieder mehr Einnahmen im Separee zu erzielen!«

Manuela sprang auf. »Da bin ich ehrlich und schon verdächtigst mich?«

»Beruhigen Sie sich bitte«, beschwichtigte Huber. »Und setzen Sie sich. Meine Kollegin macht nur ihre Arbeit«, erklärte er. »Es wäre fahrlässig von uns, nicht in alle Richtungen zu ermitteln.«

»Frau Distelberger, nehmen Sie wieder Platz.« Stefanie Leitners Arm zeigte in Richtung des Sessels, auf dem Manuela Distelberger zuvor gesessen hatte. Widerwillig folgte die Stripperin der Aufforderung. Oberkörper und Füße blieben aber seitwärts gedreht, sodass sie schnellstmöglich aufspringen und zur Tür hinaus aus dem Verhörraum verschwinden konnte. Ihr Gesicht wandte sie Stefanie Leitner zu.

»Ich habe Estera nicht ermordet. Die Rumänin habe ich kaum gekannt, und machen wir uns nichts vor, so viel mehr Kohle werde ich jetzt auch nicht verdienen, dass sich dafür ein Mord lohnen würde.«

»Wir verfolgen ja auch andere Spuren«, sagte Huber.

»Bisher sind die aber noch recht dürftig, bis überhaupt nicht vorhanden«, fügte Leitner hinzu. Sie zuckte mit ihren Achseln. »Ich setze Sie ja nur ungern ganz nach oben auf die Liste der Verdächtigen, aber …«

»Was aber! Nur weil ich es gestern gewesen bin, die sich vor Ihnen ausgezogen hat, bin ich jetzt die Hauptverdächtige! Das kann doch nicht Ihr Ernst sein!« Die Empörung stand Manuela Distelberger ins Gesicht geschrieben.

Leitner registrierte mit Wohlwollen, dass sie noch immer in Schriftsprache mit ihnen redete und sie jetzt auch mit dem förmlicheren Sie und nicht mehr mit Du ansprach.

»Sie sind bisher am verdächtigsten, sonst hat sich noch niemand anderer aufgedrängt.«

»Dann schauen Sie doch genau hin! Machen Sie Ihre Hausaufgaben.«

»Deshalb unterhalten wir uns ja mit Ihnen. Frau Distelberger, wer waren Esteras Kunden? Ich brauche Namen, nur dann können wir woanders als bei Ihren Stripperkolleginnen oder der Konkurrenz ermitteln.«

Manuelas Augen wanderten unruhig hin und her.

»Kommen Sie schon! Ein Name, einer, mit dem wir anfangen können. Wir wollen Sie doch nicht weiter als einzige Verdächtige führen. Wir sind auf Ihrer Seite!«

»Was ist mit Daria?«

»Was soll mit der Bulgarin sein?«

»Die ziehen zusammen, kurz danach ist die so erfolgreiche Estera tot. Das ist doch kein Zufall.«

»Daria ist nach Ihnen bei uns vorgeladen«, informierte Leitner Manuela Distelberger. Bewusst setzte sie eine missmutige Miene auf. »Ich erwarte mir einen neuen Namen von Ihnen. Einen, den wir noch nicht kennen.«

Manuelas Blick richtete sich wieder auf Leitner. »Also gut«, sagte sie resigniert. »Ein Name, dann lasst ihr mich gehen.«

»Für heute, ja«, bestätigte Leitner.

»Heinz Holzer.« Manuela stand auf, während sie den Namen aussprach.

»Einen Moment noch!«

»Er wohnt in Sankt Georgen, ist ein Stammkunde im Mostdance und war Estera regelrecht verfallen. Den Rest müsst ihr schon selber rausfinden.«

11

»Du hast der Polizei doch nichts von Estera und mir erzählt?«

»Das war gar nicht nötig, die wussten schon von euch beiden.«

»Was soll das heißen?«

»Jemand anders muss geplaudert haben.«

»Wer weiß denn außer dir sonst noch davon?«

»Jeder im Club und alle Stammgäste haben es mitbekommen. Es war nicht zu übersehen.«

»Aber doch nicht, dass wir uns auch außerhalb getroffen haben!«

Kurz war es still, nur eine Grille zirpte und weit entfernt hörte man den ratternden Motor eines Traktors. Sara schielte zu ihrer Tochter, die an ihrer Brust schlief. Die Lippen Lenis waren um Saras Nippel geschlossen, mit dem Saugen hatte die Kleine vor einer knappen Minute aufgehört.

Darias Stimme ertönte wieder, sie war wie zuvor nur schwach gedämpft durch die knapp drei Meter hohe Betonwand zu hören, die als Abtrennung für die Terrassen der beiden Nachbarwohnungen diente, bevor die Grünfläche und der dazugehörige Gartenzaun begannen.

»Diese Inspektorin hat mich derart stark bedrängt, sie hat mich nach dir gefragt, da konnte ich sie einfach nicht anlügen.«

»Was genau hast du ihr erzählt?«

»Dass du Estera auch bei uns in der Wohnung besucht hast, ihr miteinander in ihrem Zimmer wart und du sie an den Nachmittagen abgeholt und auch manchmal nach ihren Auftritten heimgebracht hast.«

»Verdammte Scheiße! Daria, weißt du überhaupt, was du mir damit angetan hast?«

»Ich dir angetan? Estera ist tot! Ich schulde es ihr, die Wahrheit zu sagen!«

»Du hast mich dieser Inspektorin doch geradezu als Täter präsentiert!«

»Das ist nicht fair! Hörst du mir überhaupt zu? Sie hat schon von dir gewusst, hat mir deinen Namen genannt und die richtigen Fragen gestellt. Ich habe nur wahrheitsgemäß geantwortet.«

»Trotzdem.«

Etwas ließ den Mann hinter der Betonwand innehalten. Sara streichelte nervös Leni über den Kopf. Das Mädchen streckte im Halbschlaf das rechte Bein seitlich nach oben und begann wieder an Saras Nippel zu saugen.

»Du hast ja recht«, hörte Sara den Mann nach einigen Sekunden sagen. »Du konntest nicht anders, und ich habe mir nichts vorzuwerfen. Ich war es nicht. Ich hätte Estera niemals etwas antun können.«

»Ist schon gut.« Darias Stimme klang nun leiser. »Lass es ruhig raus.«

Der Mann versuchte anscheinend, seine Tränen geräuschlos zu vergießen, denn Sara hörte nur leises Gemurmel. Leni hingegen schlief wieder in ihren Armen.

12

»Dieser Heinz Holzer wohnt also in Sankt Georgen bei seinen Eltern.«

»Unweit vom Fundort«, bestätigte Umetzberger. »Sein Vater hat die Tote entdeckt, mit ihm haben Sie ja schon gesprochen. Heinz Holzer muss jeden Moment bei uns auf der Dienststelle auftauchen.«

Der Vortag hatte bis auf Holzers Namen keinerlei neue Erkenntnisse gebracht. Daria Ivanova hatte sich geweigert, auch nur einen Kunden Esteras namentlich zu nennen.

»Da kann ich gleich einpacken und einen Flug nach Sofia buchen. Möglichst weit weg von hier, damit ich einigermaßen sicher bin.«

»Manuela Distelberger ist gebürtige Mostviertlerin, sie wird sich nicht so einfach in ein anderes Land absetzen. Trotzdem hat sie uns einen Stammkunden Esteras genannt.«

Desinteresse hatte Darias Gesicht widergespiegelt. »Wen?«, hatte sie dann doch gefragt. »Wen hat Ihnen diese arrogante Ziege genannt?«

Die Abneigung der beiden Stripperinnen beruht also auf Gegenseitigkeit, hatte Leitner erkannt.

»Einen gewissen Heinz Holzer, angeblich war er Estera regelrecht verfallen.«

»Immerhin hat die Distelberger Sie nicht angelogen«, hatte Daria erwidert. Die Barriere, welche die Bulgarin bis zu diesem Zeitpunkt aufgebaut hatte, war dann zerbröselt. Stückweise hatte sie Details über Heinz Holzer und dessen Verhältnis zu Estera Ionescu preisgegeben.

»Herr Holzer ist hier.« Der junge Polizist, der seinen Kopf zur Tür in den Verhörraum hereinsteckte, unterbrach Leitners Erinnerungen an den Vortag. *Verhörraum ist für dieses Zimmer doch unpassend. Welcher Vernehmungsraum hat schon eine eigene Kochnische, einen Kühlschrank und eine Spüle zu bieten?*

»Bringen Sie ihn bitte herein.«

Heinz Holzer erschien in dunklen Jeans und trug ein weißes Hemd unter dem dunkelblauen Sakko. Seine schwarzen Lederschuhe glänzten von einer ausführlichen Politur, die noch nicht lange zurückliegen konnte. Die braunen Haare wuchsen noch dicht und waren zum Seitenscheitel gekämmt.

Noch erkennt man nicht, dass sie sich so wie bei seinem Vater einmal verdünnisieren werden.

Leitner musterte das Gesicht des jungen Holzers.

Seine Mutter muss eine Schönheit sein oder war es zumindest früher einmal.

»Ihr Vater hat die Ermordete, Estera Ionescu, gefunden«, stellte Stefanie Leitner nach der Vorstellung fest. Huber saß rechts von ihr und auch Umetzberger ließ sich die Befragung eines ehrenwerten Bürgers ihrer Heimatgemeinde nicht entgehen.

»Stimmt, Vater hat es erwähnt.«

»Sie kannten das Opfer.«

Holzer nickte.

»Gut?«, hakte die Inspektorin nach.

»Ja.« Holzer zögerte. »Es, es ist mir irgendwie peinlich, darüber zu reden.«

»Peinlich, wieso?«

»Estera, sie ist, sie war eine Stripperin. Und ich, ich habe mich in sie verliebt, und Estera auch in mich.«

Sehr gut, er gibt es zu.

»Wieso ist Ihnen das peinlich?«

Holzer rutschte auf seinem Sessel hin und her und starrte währenddessen auf die Tischplatte vor ihm. Dann hob er seinen Kopf und blickte Leitner in die Augen. »Also«, sagte er, »wenn ich die Geschichte von jemandem gehört hätte, würde ich glauben, der Mann wird nach Strich und Faden verarscht. So würden wahrscheinlich viele hier denken. Deshalb wollte ich es geheim halten, bis wir offiziell zusammen gewesen wären.«

»Das mit dem Geheimhalten hat aber nicht geklappt, sonst würden Sie mir heute nicht hier gegenübersitzen.«

»Stimmt.«

Er fragt mich gar nicht, wer ihn verraten hat.

»Wo sind Sie in der Nacht gewesen, als Estera ermordet wurde?«

»Im Club, danach daheim.«

»Hat Estera für Sie getanzt?«

»Natürlich. Für mich hat es nur sie gegeben. Wäre sie nicht gewesen, ich wäre gar nicht erst in einen Stripclub gegangen.«

»Wie haben Sie sich denn kennengelernt, wenn Sie in keine Stripclubs gekommen sind?«

Holzer hob beschwichtigend seine rechte Hand. »Schon im Stripclub«, räumte er ein. »Ich bin da aber wegen einem Kunden hin. Mir gehört die Holzer-Bau, wie der Name schon sagt, eine Baufirma. Privatkunden lade ich zum Geschäftsabschluss schon mal in einen der Clubs ein. Deren Frauen denken, wir verhandeln im Büro oder besichtigen die Baustelle. Die haben ja keine Ahnung!«

Das glaube ich gerne. Irgendwie müssen sich ja die unzähligen Stripclubs in Amstetten rechnen. Nur mit Junggesellenabschieden wird es sich nicht ausgehen. Also steckt doch auch die lokale Wirtschaft dahinter. Leitner warf einen Seitenblick auf Huber. So intensiv wie sich ihr Kollege am Vortag bei der Befragung der Stripperinnen eingebracht hatte, so vornehm hielt er sich jetzt bei Heinz Holzers Vernehmung zurück. Umetzberger kaute auf ihren Lippen herum, ihre Augen waren starr geradeaus gerichtet. Es kostete sie sichtlich Mühe, sich in Anbetracht von Holzers letzter Aussage zu beherrschen. Stefanie Leitner wandte sich wieder dem Inhaber der Baufirma zu. »Sie waren also im Mostdance und hatten Kontakt zu Frau Estera Ionescu. War der auch körperlich?«

»Estera hat mehrmals für mich getanzt.«

»Dabei haben Sie die Ermordete auch berührt?«

»Ja, nur gestreichelt, und sie hat sich auf meinen Schoß gesetzt.«

»Estera hat im Mostdance auch für andere gestrippt, und das hat Sie gestört!«

»Natürlich bin ich nicht gerade glücklich darüber gewesen.«

»Ihre heißgeliebte Estera hat sich auf den Schoß anderer Männer gesetzt, sie geil gemacht – vielleicht hat sie sich auch außerhalb des Mostdance mit anderen getroffen. Das hat Sie rasend eifersüchtig gemacht! Wer weiß schon, ob sie nicht den einen oder anderen Kunden auch gefickt hat?«

»Was soll das?«

»Deshalb haben Sie Estera ermordet!«

»Nein! Ich hätte Estera nie etwas antun können!«

»Sie wollten sie mit niemandem teilen, wollten sie für sich alleine haben!«

»Aber Estera wollte das doch auch!«

»Sie hat Sie zum Narren gehalten!«

»Nein, das stimmt nicht. Estera hat mit Sträusler geredet, sie wollte aussteigen.«

»Davon hat uns der Inhaber des Mostdance aber nichts gesagt.«

»Sträusler wollte Estera nicht gehen lassen, sie war seine Goldgrube.« Holzer machte eine Pause. »Eher bringt er sie um, als dass er sie gehen lässt, hat er gesagt, als wir gemeinsam bei ihm gewesen sind.«

Jetzt war es Leitner, die einen Augenblick brauchte, um das Gehörte zu verarbeiten. »Wann genau hat Sträusler diese Drohung ausgesprochen?«, fragte nun Huber anstelle Leitners.

»Erst vor einer Woche. Da war ich mit Estera bei Sträusler im Hinterzimmer.«

»Wie sieht es dort aus?«, wollte die Inspektorin wissen.

»Viele Monitore.«

Stefanie Leitner nickte. Holzer konnte diese Information zwar auch von Estera oder jemand anderem bekommen haben, seine prompte Antwort sprach jedoch dafür, dass er selbst Sträuslers Räumlichkeiten gesehen hatte und die Wahrheit sprach.

Hat Sträusler wirklich sein bestes Pferd im Stall ermordet? Vielleicht als abschreckendes Beispiel. So hart wirkt er zwar nicht, aber es wäre nicht zum ersten Mal, dass so etwas im Milieu passiert.

Leitner beschloss, Holzers Hinweis nachzugehen.

»Wann haben Sie Estera an dem Abend zuletzt gesehen?«, wechselte sie das Thema.

»Das muss so gegen ein Uhr gewesen sein, als sie zuletzt

für mich gestrippt hat. Danach bin ich nachhause. Ich hatte einen Kundentermin am Vormittag.«

»Sie haben Estera also nicht heimgebracht?«

»Das habe ich doch schon gesagt.« Heinz Holzer wirkte zusehends genervt. »Ist sonst noch etwas? Kann ich dann gehen, oder brauche ich einen Rechtsverdreher?«

»Zwei Fragen noch! Anwalt brauchen Sie vorerst noch keinen«, betonte Leitner.

Holzer seufzte. »Also gut, zwei Fragen, was wollen Sie wissen?«

»Wusste Ihr Vater über Estera und Sie Bescheid?«

»Nein.« Holzer schüttelte energisch seinen Kopf. »Wir haben unsere Beziehung geheim gehalten.«

»Und doch habe ich davon erfahren«, wiederholte Leitner ihre frühere Feststellung.

»Der Alte wäre ausgezuckt, wenn er etwas mitbekommen hätte.« Nochmals schüttelte Holzer seinen Kopf. »Nein, Vater hatte keine Ahnung.«

»Dann zurück zur Mordnacht. Als Stammkunde kennen Sie doch sicher viele Gäste des Mostdance. Ich brauche die Namen der anderen Besucher an jenem Abend und auch die Stammkunden Esteras. Je mehr Namen Sie mir geben, desto eher kann ich den Fall lösen.«

Holzer reagierte nicht.

»Herr Holzer, derzeit sind Sie der Hauptverdächtige, ich rate Ihnen also dringend, mit uns zu kooperieren.«

»Das ist doch ein Witz! Hören Sie mir nicht zu?« Holzer sprang auf. »Sträusler hat Estera gedroht, sie umzubringen. Jetzt ist sie tot. Ermordet. Er ist der Täter, nicht ich!«

Holzer lief zur Tür, riss sie auf und schlug sie mit einem lauten Knall hinter sich wieder zu. Leitner blickte in Hubers und Umetzbergers ratlose Gesichter, sie zuckte mit ihren Achseln. »Wir reden wohl besser nochmals mit Sträusler«, stellte sie fest.

Aber auch Holzer ist nach wie vor verdächtig. Und auch seinen Vater dürfen wir nicht außer Acht lassen.

13

»Wow!« Huber blieb abrupt stehen, sodass Stefanie Leitner gegen dessen Rücken prallte. Verärgert trat sie einen Schritt zur Seite und erkannte jetzt auch Daria Ivanova, die sich splitterfasernackt auf der Bühne des Mostdance im Rhythmus zu Helene Fischers »Atemlos durch die Nacht« räkelte. *Nein, räkeln ist nicht der richtige Ausdruck.* Daria zog sich nur mit der Kraft ihrer Hände und Arme am Holzbalken nach oben, dann stemmte sie ihren Oberkörper seitwärts und hob langsam auch noch ihre Beine in die Waagrechte. Zuerst zeigten Rücken und Po zum Zuschauerraum. Mittels einer akrobatischen Einlage drehte sie sich um, nun blickte Leitner das lächelnde Gesicht der Bulgarin entgegen. Im Takt der Musik öffnete und schloss sie ihre Beine.

»Also, die würde ich nicht von der Bettkante stoßen, trotz ihrem gefährlichen Scherenschlag.« Huber zwinkerte Leitner zu. *Ich bin nicht dein männlicher Kollege, mit dem du solche Gespräche führen kannst!* Leitner war nahe daran, Huber an seine Verlobte Auer zu erinnern, doch sie ließ es bleiben und wendete ihren Blick von der blonden Stripperin ab.

Ganz vorne, nahe der Bühne, lungerte Heinz Holzer alleine an einem der Tische herum. Keine der anderen Stripperinnen leistete ihm Gesellschaft. Mehrere der Damen belagerten hingegen eine Gruppe von Anzugträgern an der Bar. Manuela Distelberger hatte sich bei einem von ihnen untergehakt, sie trug wieder ihr rosa-weißes Dirndl, das sie schon während Stefanie Leitners erstem Besuch nur notdürftig bedeckt hatte.

Holzer hat schon Nerven: Er belastet Sträusler und taucht dann gleich wieder bei ihm im Club auf. Obwohl er mir erklärt hat, Estera sei der einzige Grund gewesen, weswegen er hierhergekommen ist.

Mit einem eleganten Abgang landete Daria auf dem Boden und kniete auf der Bühne. Ihr Rücken zeigte wieder zum Publikum, sie streckte ihre Beine durch, behielt aber beide Hände auf dem Boden, ging dann wieder in die Hocke und rollte sich seitwärts ab, sodass sie auf dem Rücken zu liegen kam. Ein weiterer Scherenschlag mit ihren Beinen, dann stieß sie sich vom Boden ab und landete aufrecht auf ihren Füßen. Genau zu dem Zeitpunkt endete Helene Fischers Hit. Daria blieb eine Sekunde lang stehen, sie schaute in die Runde und verbeugte sich. Holzer und Huber klatschten. Auch Stefanie Leitner konnte nicht anders, sie klatschte mit. Als Daria von der Bühne verschwand, nutzte Leitner die Gelegenheit und ging zur Toilette. Sie schaute sich um, doch es war niemand zu sehen und auch die Bulgarin traf sie nirgends an.

Als sie wieder zurückkam, saßen Huber, Holzer und Daria Ivanova gemeinsam am vordersten Tisch. Auf der Bühne präsentierte sich Manuela Distelberger zu Andreas Gabaliers Song. Noch war ihr Dirndl züchtig verschnürt. Hubers Hand lag auf Darias Oberschenkel, seine Augen verfolgten gebannt Manuelas Bühnenauftritt. *Gott sei Dank ist Umetzberger nicht mitgekommen. Die würde sich in Grund und Boden schämen oder sogar Meldung nach Sankt Pölten oder gar Wien machen.*

»Guten Abend«, begrüßte Stefanie Leitner Heinz Holzer und Daria Ivanova. »Beeindruckender Auftritt.« Daria schob Hubers Hand von ihrem Oberschenkel. »Danke! Habe ich doch gesagt!«

»Sport und Kunst«, wiederholte Leitner Darias Worte von ihrer ersten Begegnung. »Kann ich nun bestätigen.«

»Sie wollen zu Stäusler?«

Heinz Holzer hat sich Esteras Mitbewohnerin also anvertraut, oder Huber hat schon ausgeplaudert, weswegen wir hier sind.

»Ich melde Sie an.«

Als Daria von der Bar zurückkam, hakte Manuela Distelberger gerade ihre Kniekehlen in den zwei obersten kurzen Ästen des Holzbalkens ein und ließ ihren Oberköper nach hinten abwärts fallen.

»Gehen wir«, sagte Daria. »Sträusler erwartet Sie.«

»Lassen Sie sich von Sträusler nicht verarschen.« Holzer wendete seinen Blick nicht von Manuela ab, aber er sprach laut genug, sodass sie ihn hören mussten. »Es ist so gewesen, wie ich es gesagt habe«, fügte er hinzu.

Stefanie Leitner erwiderte nichts. »Los geht's«, forderte sie stattdessen ihren Kollegen Huber auf, der sich nur widerwillig von Manuela Distelbergers Anblick auf der Bühne losriss, aber dann doch aufstand.

»Was verschafft mir die Ehre?«

Diesmal trug Sträusler einen lila Anzug samt Fliege mit weißem Hemd darunter. Das Erscheinungsbild des Stripclubbetreibers erinnerte Leitner an den österreichischen Sänger Thomas Forstner, der vor vielen Jahren in einer ähnlichen Aufmachung für sein Land beim Songcontest angetreten war.

Ein lila Pfau.

Leitner und Huber setzten sich.

Hinter Sträusler flimmerten die Bildschirme und zeigten Echtzeitaufnahmen von seinem Club.

»Sie haben uns nicht darüber informiert, dass Estera aussteigen wollte«, stellte die Inspektorin fest.

»Wer behauptet das?« Sträusler hob sofort seine Hand. »Sagen Sie nichts. Es kann sich nur um diesen Heinz Holzer handeln.« Der Clubbetreiber zeigte auf den Monitor rechts hinter ihm. »Mit dem Sie sich gerade unterhalten haben.«

»Das tut nichts zur Sache. Stimmt es, dass Estera genug vom Strippen hatte?«, hakte Leitner nach.

»Wie gefällt Ihnen meine Daria?« Sträusler richtete seine Frage an Huber. »Ein Prachtweib, nicht wahr?«

Leitner verfolgte auf einem der Monitore, wie die Bulgarin in den Club zurückkehrte und sich an der Bar platzierte.

»Die würde jeder Mann nur zu gerne einmal ficken, lässt aber keinen ran. Nicht mal mich.«

»Und Estera, hatten Sie mit ihr jemals Verkehr?«

»Das tut nichts zur Sache.« Stäusler grinste Leitner hämisch an. »Inspektor Huber, das war doch Ihr Name, oder etwa nicht?«, wendete sich Sträusler nochmals an Stefanie Leitners Kollegen.

»Stimmt.«

Worauf will der jetzt hinaus?

»Glauben Sie, ich habe nicht gesehen, wie Sie Daria am Oberschenkel betatscht haben?«

Sträusler wirkte jetzt richtgehend aufgebracht. »Zuerst kommen Sie in meinen Club, Frau Inspektor, ohne Ihre Dienstmarke zu zeigen, und lassen Manuela für sich strippen. Heute nehmen Sie einen geilen Bock mit, der eines meiner Mädchen betatscht, ohne auch nur einen Cent dafür zu bezahlen!« Sträusler schüttelte missbilligend seinen Kopf. »Das ist nicht in Ordnung, das tut man nicht! Vor allem nicht, wenn man im Dienst ist und man sein Gehalt von braven ehrlichen Steuerzahlern wie mir bekommt!«

»Beantworten Sie bitte meine Frage«, beharrte Leitner.

Sträusler seufzte. »Also gut«, lenkte er ein. »Estera hat diesem Heinz Holzer doch nur was vorgegaukelt, um ihm möglichst viel Geld aus der Tasche zu ziehen.«

»Wie meinen Sie das?«

Sträusler zeigte auf den Monitor, auf dem Holzer zu sehen war. »Es stimmt, er war mit Estera bei mir im Büro. Die beiden sind genau da gesessen, wo Sie jetzt sitzen.«

»Was ist passiert?«

Der lila Pfau drehte sich wieder um und wendete sich Leitner zu. »Ich bin nicht gerade stolz darauf, aber Estera hat mich gebeten, mitzuspielen. Sie hat Holzer glauben lassen, dass sie aussteigen will, um nur für ihn da zu sein. Mich hat sie bekniet, Holzer in die Irre zu führen und zu sagen, dass ich sie nicht gehen lasse.«

»Das sollen wir Ihnen glauben?«

»Es ist die Wahrheit! Jedes meiner Mädchen ist frei. Wenn eine sagt, sie kommt am nächsten Tag nicht mehr, dann ist das so. Ich kann da gar nichts dagegen unternehmen.«

»Wer's glaubt, wird selig«, warf Huber ein.

»Es stimmt! Gerne dürfen Sie jedes meiner Mädchen danach fragen.«

»Okay«, sagte Leitner. »Sie haben Herrn Holzer also einen Bären aufgebunden. Wie hat er reagiert?«

»Zuerst aufgebracht, dann am Boden zerstört, schließlich hat er mir Geld angeboten.«

»Was haben Sie geantwortet?«

»Estera sei für mich unverkäuflich.«

»Das war aber nicht der endgültige Plan«, stellte Leitner fest. »Sie beide wollten, dass Holzer blutet und jede Menge Geld für Estera über den Tresen schiebt.«

»Sie können nichts beweisen. Es ist nichts Unrechtes passiert.«

»Das werden wir klären.«

»Das werden Sie schön bleiben lassen.« Sträusler drückte nacheinander auf zwei Knöpfe seiner Fernbedienung, die vor ihm auf dem Tisch lag. Sofort änderte sich das Bild zweier Monitore. Einer zeigte Huber, wie der mit seiner Hand Darias Oberschenkel streichelte und gierig auf die Bühne stierte. Im Bild des anderen Monitors tauchte Stefanie Leitner auf. Manuela Distelberger streckte ihr im Separee gerade ihren Hintern entgegen.

»Mit dem Mord an Estera habe ich nichts zu tun. Vergessen Sie das bitte nicht.« Sträuslers rechte Hand zeigte auf die beiden Monitore. »Jetzt gehen Sie bitte.«

»Nein«, sagte Stefanie Leitner. Mit lauterer Stimme fuhr sie fort: »Mit etwas Glück für Sie vergesse ich, dass Sie uns gedroht haben. Sie geben uns jetzt aber umgehend Ihre Bänder von der Mordnacht! Versuchen Sie erst gar nicht, mir weiszumachen, sie hätten keine Aufzeichnungen mehr davon!«

14

Lenis Hand zeigte zum CD-Player. »Ich lege ja schon deine CD ein.« Die Kleine thronte in ihrem Hochstuhl und wartete ungeduldig darauf, dass die Musik aus den Lautsprechern ertönte.

»Teddy, Teddy, wo bist du?«

Sara schnappte sich den hellbraunen Teddybären und sang wie jeden Morgen mit der tiefsten Stimme, die ihr möglich war: »Hier bin ich! Hier bin ich!« Lenis Augen strahlten vor Glück. Beide Arme zeigten in Richtung des Bären, woraufhin Sara ihr den Stoffteddy in die Hände drückte und Leni ihn an sich zog, gleichzeitig gluckste die Kleine vergnügt. Sofort ergriff Sara die Gelegenheit und tauchte den pinken Plastiklöffel in den Brei aus Apfel und Birne. »Früchte«, sagte Sara und steckte den Löffel zwischen Lenis Mund und Bärenschnauze.

Ich will nicht länger warten.

Leni öffnete ihren Mund.

Am Vormittag ist Schwarzmüller sicher in der Schule.

Sara schob den Löffel zwischen Lenis Lippen.

Nach dem Frühstück geht es los.

Leni gab den Löffel wieder frei.

Ich hole mir mein Geld.

Voller Enthusiasmus zeigte Leni wieder auf den CD-Player. *Ja, ich spule schon zu deinem Lieblingslied nach vorne.* Sara drückte mehrmals hintereinander auf den Plustaster, bis das Lied mit der Nummer fünfzehn am Display erschien, dann schnappte sie sich den Marienkäfer aus Stoff und sang mit: »Erst kommt der Sonnenkäferpapa, dann kommt die Sonnenkäfermama, und hinterdrein ganz klitzeklein die Sonnenkäferkinderlein.« Währenddessen ließ sie das rot-schwarze Stofftier über Lenis Kopf kreisen und führte mit der anderen Hand den Löffel wieder vor das Gesicht der Kleinen. Die öffnete ihren Mund und schaute nach oben dem Stofftier nach.

»Mund abwischen«, sagte Sara schließlich, als Leni keinen Hunger mehr hatte und sie selbst ihr Kaffeehäferl zeitgleich mit dem Ende der CD geleert hatte. Leni wischte mit einem Blatt Küchenrolle die Tischfläche vor sich mit der rechten Hand sauber und lachte dabei vergnügt. Nur ganz kurz verzog das Mädchen ihren Mund, als Sara ihr mit einem frischen Blatt der Rolle die Lippen und Mundwinkel reinigte.

»Heute machen wir einen Ausflug! Wir fahren in die Stadt zu unserer alten Wohnung.« Sara hob ihre Tochter aus dem Hochstuhl, einhändig füllte sie die Tupperware-Dose mit Maisstangerl auf und ein Flascherl mit frischem Wasser landete im Seitenfach der Babytasche. Zusätzlich beförderte sie noch ein frisches Paar Handschuhe hinein, die sie normalerweise beim Abwaschen überstreifte. Mit Leni im Arm und der Tasche um die Schulter stieg Sara die Stufen empor und begab sich direkt ins Schlafzimmer. Leni setzte sie auf dem Parkettboden ab und drückte ihr die gelb-rote Rassel mit den hell klingenden Glöckchen in die Hand, die sie immer in der Tasche dabeihatte. Auch die Babytasche stellte sie neben Leni auf den Boden. Sara öffnete die beiden Flügeltüren des Kastens, der aus Buchenholz gefertigt war. Die Türen krächzten, einen weiteren Umzug würde das Möbelstück nicht überleben. Danach schob Sara ihren Stillstuhl an den Kasten heran, barfuß stieg sie auf die Sitzfläche, der Stuhl wippte leicht vor und zurück, Sara hielt sich kurz an der Lehne fest, dann balancierte sie auf ihren Zehenballen und streckte die Arme aus. Sie schob ihre Shirts auseinander, die gefaltet, aber nicht gebügelt – dafür fand sie keine Zeit mehr – auf dem obersten Brett des Kastens lagen.

Sara konnte sie nicht sehen, aber sie ertastete den kalten metallenen Lauf der Pistole. Daneben lag die Kartonschachtel mit der Munition. Hinter ihr bimmelte ein

Glöckchen der Rassel nach dem anderen. Sara schaute zurück zu Leni und sah, wie diese voller Stolz das Musikinstrument mit ihrer rechten Hand hin und her schwenkte.

Es geht auch ohne Waffen.

Was, wenn mich Schwarzmüller überrascht?

Er wird mir nichts tun.

Das kann ich nicht wissen.

Sara stieg mit Munition und Pistole in ihren Händen vom Stillstuhl auf den Parkettboden hinunter. Sie legte beides auf die Sitzfläche und schob den Stuhl zurück auf seinen ursprünglichen Platz am Fenster.

Es ist nur zu Lenis Sicherheit. Nur zu unserem Schutz. Ich werde die Waffe nicht abfeuern.

Eine ungeladene Pistole ist sinnlos.

Nur wenige Sekunden später war die Waffe geladen. Saras Finger zitterten, als sie die gesicherte Pistole neben dem Fläschchen in eine der Seitenfächer der Babytasche steckte.

Die Schlüssel!

Sara schloss die Flügeltüren des Kleiderkastens, dann verfolgten die Augen ihrer Tochter, wie Sara zum Nachtkästchen eilte. Sie zog die oberste Lade heraus.

Da sind sie. Einer für die Tür unten ins Wohnhaus, und dann noch der für die Eingangstür in die Wohnung. Schwarzmüller ahnt nicht einmal, dass es die beiden gibt.

Extra für Lenis Vater hatte Sara damals einen zusätzlichen Satz Schlüssel anfertigen lassen. Verspätet, aber doch hatte er sie ihr nun zurückgegeben.

Wenn dieser Betrüger das Schloss nicht ausgetauscht hat, dann hole ich mir heute, was mir zusteht.

Sara streichelte Leni über ihre dichten hellbraunen Haare. »Bald bekommst du deine Schaukel!« Sie schaute sich in den Spiegel. *Perfektes Outfit für die Mission.* Sie holte noch die Baseballkappe aus dem Kleiderschrank, dann konnte es losgehen.

Zehn Minuten später stellte Sara ihr Auto in der Kurzparkzone nahe dem Bahnhof in Amstetten ab.

»Gleich kommst du in die Trage!«

Leni saß noch festgeschnallt im Kindersitz und musterte ihre Mutter neugierig. Sara zog den Gurt eng um ihren Bauch und fixierte dann den Klettverschluss. Die beiden Schlaufen der Trage kamen um ihre Schultern, danach schloss sie die beiden zusätzlichen Sicherheitsgurte am Rücken und Bauch der Babytrage. Da Leni so früh am Morgen mit Sicherheit nicht schon wieder schlafen wollte, änderte Sara die Einstellung der beiden Knöpfe an der Vorderseite, sodass Leni bequem nach vorne schauen konnte und nicht wie meist zu ihr gewandt in der Trage festsaß. Dann löste Sara die Gurte des Kindersitzes und hievte Leni aus dem Auto heraus. Gleich zu Beginn spürte sie den leichten Stich im Rücken, der ihr schon vertraut war. Vorsichtig führte sie die Drehbewegung zu Ende und hob die Kleine bis über ihren Kopf nach oben und ließ sie langsam mit ihren Füßen voran in die Halterung der Trage gleiten. Kein zusätzlicher Schmerz stellte sich dabei ein. Erleichtert atmete Sara aus, als Leni sicher fixiert war. Sie griff mit beiden Händen unter die Hüften der Kleinen und schob sie nach vorne, so wie es ihr die Verkäuferin der Trage damals erklärt hatte, damit Lenis Hüften sich in diesem ungewöhnlichen Sitz in der richtigen Lage befanden. Das Gewicht ihrer Tochter lastete nun über die Gurten-Konstruktion gut verteilt und vor allem zentral auf Saras Schultern. Sie hängte sich die Babytasche samt der Pistole, die sich darin befand, um die rechte Schulter. Auf Lenis Kopf landete der mit roten Blumen verzierte weiße Hut aus Stoff. Saras Kopf bedeckte bereits die Kappe vom Hardrock-Café, die sie in Paris erworben hatte. Mit dunklen Shorts, hellblauer Bluse und braunen Freizeitschuhen war sie so unscheinbar wie nur möglich gekleidet – einfach nur eine Mutter, die mit ihrer kleinen Tochter einen Ausflug unternahm. Ein weißer Mercedes fuhr vorbei. Sara drehte ihren Kopf seitwärts, sodass der Lenker ihr Gesicht nicht sehen konnte.

»Vollkommen sinnlos«, murmelte sie vor sich hin, als sie zu dem Automaten mit den Parktickets lief. *Nur in meinem ehemaligen Wohngebäude wäre es fatal, erkannt zu werden. Hier ist es egal.* Sara zog ein Parkticket, ging zurück zum Auto und legte das Ticket auf die Ablage hinter der Windschutzscheibe.

Über dem Asphalt flimmerte bereits die Luft. Sara nahm Lenis Hände links und rechts in ihre und schritt zügig Richtung Eingang des Bahnhofsgebäudes. Zwei Taxis warteten davor auf Gäste. Die beiden Lenker trugen trotz der hohen Temperatur Anzüge mit Krawatten. Sara bog rechts ab in die Bahnhofsstraße. Eine ältere Dame im dunkelroten Sommerkleid betrat gerade das Büro des Immobilienmaklers, das sich dort an der Ecke befand. Der Stripclub in unmittelbarer Nähe schien noch geschlossen zu sein. *Vormittags hält sich der Ansturm der Männer sicher in Grenzen.* Wieder einmal sah sich Sara darin bestätigt, dass sie aus dem Stadtzentrum Amstettens weggezogen war. Sie wusste, dass nur zwei Straßenkreuzungen entfernt schon die Reklame für den nächsten Stripclub an den Fenstern des dortigen Gebäudes prangte. *Keine Umgebung, in der ein Mädchen aufwachsen sollte.* Die Ironie des Schicksals hatte ihr zwei Stripperinnen als Nachbarn beschert. Sara war jedoch davon ausgegangen, dass sie der Beruf der beiden Damen nicht zu kümmern brauchte. Schließlich empfingen diese ihre Kunden in dem Club, in dem sie sich für Geld ausziehen.

Dass eine der beiden gar ermordet wird und dann auch noch die andere einen Tag später mit dem besten Kunden und Verehrer der Getöteten bei ihr zuhause auf der Terrasse sitzt, damit war nicht zu rechnen.

Sara näherte sich der Eingangstür, die ins Wohnhaus führte, in dem ihre ehemalige Wohnung untergebracht war. Eine junge Frau mit Kinderwagen kam ihr auf dem Gehsteig entgegen. Sie legte ihren Zeigefinger auf ihre Lippen, gleichzeitig lächelte sie Leni an. Sara nickte kurz, dann waren sie aneinander vorbei. Nur noch wenige Schritte, Sara löste die Finger ihrer rechten Hand von Lenis, griff ins Seitenfach der Babytasche und hielt dann die beiden Schlüssel in der Hand. Vor der schweren, dunkel lackierten Holztür blieb sie stehen, mit Blicken nach links und rechts prüfte sie nochmals die Umgebung. Ein Mann kam am Gehsteig auf sie zu. Sara kannte ihn nicht. Vom Bahnhof her zog ein junges Pärchen jeweils einen Trolley hinter sich her.

Nur nicht auffallen.

Sara durfte nicht länger zögern, sie stellte sich leicht seitlich zur Tür, sodass sie das Schloss trotz Lenis Kopf vor ihr gut sehen konnte. Sie steckte den klobigeren Schlüssel ins Schloss, Sara drehte ihn gegen den Uhrzeigersinn, gleichzeitig zog sie so wie früher die Haustür zuerst in ihre Richtung, um den Schlüssel vollends drehen zu können. Das Schloss klackte laut, sie stieß die Tür auf, trat schnell ein und ließ sie hinter sich zufallen.

Im Stiegenhaus war es dunkel, die Räume des Altbaus waren hoch, der Boden aus Steinfliesen. Auch diesmal stieg ihr der vertraute leicht modrige Geruch in die Nase.

»Nicht unnötig Zeit vergeuden und leise sein!«, flüsterte sie Leni ins Ohr.

Sara atmete ein, dann stieg sie schnell die Stufen nach oben. Schon im ersten Stock rang sie nach Luft, doch sie gönnte sich keine Ruhepause. Die Eingangstür im Erdgeschoß wurde neuerlich aufgesperrt.

Laufen, ich sollte laufen! Ich kann aber nicht, nicht mit Leni in der Trage, die Stiegen hinauf. Was, wenn es Schwarzmüller ist? Wenn er heimkommt? Noch habe ich nichts verbrochen.

»Henne! Henne! Henne!«, verlangte Leni ausgerechnet jetzt nach ihren Lieblingstieren.

»Wir gehen schon bald wieder zu deinen Hühnern.«

Sara nahm die letzten Stufen und stand im zweiten Stock. Sie keuchte, zog die Luft ein. »Vorher«, erklärte sie. »Vorher müssen wir aber noch in unsere alte Wohnung.«

»Henne! Henne!«

Rasch nahm Sara den Schlüssel in ihre linke Hand, mit der rechten holte sie die Tupperware-Dose hervor. Sie schaffte es, sie zu öffnen, griff mit ihrer linken Hand hinein, in der sie noch immer die Schlüssel hielt, und holte mit Daumen und Zeigefinger ein Maisstangerl hervor und steckte es Leni zwischen die Lippen. Wie erhofft verstummte ihre Tochter.

Unten fiel die Eingangstür zu. Sara vernahm eine Frauen- und eine Männerstimme, konnte sie jedoch keinem der ihr bekannten Mieter zuordnen. Sie verstand auch nicht, was die beiden zueinander sagten.

Erst beim zweiten Versuch schaffte Sara es, den schlankeren, silbern glänzenden Schlüssel ins Schloss ihrer alten Wohnungstür zu bekommen. Sie drehte ihn zweimal gegen den Uhrzeigersinn und drückte dann die Messingklinke hinunter. Die Tür knarrte laut, als Sara sie aufstieß.

Auch Schwarzmüller hat bisher die Scharniere nicht geölt.

Sie schlüpfte mit der vor ihre Brust geschnallten Leni durch den Türspalt ins Innere der Altbauwohnung und schloss die Tür. Nochmals ertönte das Knarren. Gleichzeitig hörte Sara, wie sich die Stimmen näherten.

Hört sich Schwarzmüller nicht genauso an? Was, wenn er eine Kollegin für einen Quickie abgeschleppt hat? Saras Puls beschleunigte sich. *Wohin, wo verstecken? Der Abstellraum! Den suchen sie sicher nicht auf.*

Auch Schwarzmüller hatte den Raum mit Putzmitteln, Kübeln, Staubsauger, Bügeleisen und Bügelbrett vollgestopft, aber er bot gerade noch genügend Platz für Sara und Leni.

»Hier hast du noch ein Stangerl.«

Leni nahm es mit ihren Fingern von Sara entgegen und beförderte das Maisstangerl in ihren Mund. Weiterhin blieb sie stumm. Angestrengt lauschte Sara. Mehrere Sekunden hörte sie nur Schritte. Sie schienen sich zu entfernen. Irgendwo fiel eine Tür zu. Von draußen drang Straßenlärm in die Wohnung, hauptsächlich Motorengeräusche der vorbeifahrenden Autos. Im Gebäude selbst war es ruhig. Erst jetzt spürte Sara, dass ihre Bluse nass am Rücken festklebte. Sie wischte sich die schweißfeuchte Stirn mit dem Handrücken ab. Nur sehr langsam beruhigte sich ihr Puls.

Ich bin in seiner Wohnung. Niemand hat mich gesehen. Ich nehme mir, was mir zusteht, dann schließe ich damit ab und denke nie mehr an diesen Arsch!

Erst jetzt streifte sich Sara die mitgebrachten Handschuhe über, dann öffnete sie die Tür des Abstellraums, sie wischte die Türklinke mit einer Stoffwindel ab und ging danach durch den dunklen Gang direkt in die Küche. Auf halbem Weg zum Küchenfenster stoppte sie.

Keine Vorhänge. Shit!

Auch Jalousien gab es nicht. Schwarzmüller war anscheinend noch nicht dazu gekommen, für den nötigen Sichtschutz zu sorgen.

Egal.

Gewissheit, das war es, was Sara brauchte. Ohne sich darum zu kümmern, ob man sie von einem der Häuser aus sehen konnte, die auf der gegenüberliegenden Straßenseite angeordnet waren, ging sie zum E-Herd.

Noch immer mein alter Herd. Den ich ihm verkauft habe. Er hat ihn nicht gegen einen neuen funktionsfähigen ausgetauscht.

Jeden der vier Drehknöpfe stellte sie auf die Neun, danach schaltete sie auch noch das Backrohr ein. Umluft. 210 Grad Celsius. Sogar die Glühbirne im Inneren des Rohrs leuchtete. Mit ihrer Handfläche fühlte Sara auf den Ceranfeldern nacheinander die Temperatur.

Sie werden heiß. Jedes einzelne.

Als sie die gläserne Klappe des Backrohrs einen Spaltbreit öffnete, kam ihr lauwarme Luft entgegen.

Ich wusste es, Schwarzmüller, dieses Arschloch, hat mich angelogen!

»Uns beide wollte er um unser Geld betrügen«, flüsterte sie Leni ins Ohr. »Dir deine Schaukel vorenthalten!« Nacheinander zog Sara die Küchenladen heraus, sie fand jedoch nichts Ungewöhnliches oder gar Wertvolles. *Für einen Junggesellen besitzt er außergewöhnlich viele Kochtöpfe,* ging es ihr durch den Kopf. Wenn ich einen oder auch zwei mitnehme, fällt es ihm nicht auf – die bringen mich aber meinen tausend Euro nicht näher.

Sara steckte Leni das nächste Maisstangerl in den Mund und ging in ihr altes Wohnzimmer. Sie erkannte es kaum wieder. Die Sitzgarnitur aus schwarzem Leder rückte den Fernseher an der Wand ins Zentrum des Raumes, der viel dunkler wirkte als früher. Die beiden Fenster gaben zwar ihr Bestes, trotzdem wirkte der Raum düster, fast schon bedrohlich. Auch hier fehlten Vorhänge, allerdings waren Jalousien montiert. Sara ließ sie herab und verdunkelte so den Raum noch mehr. Danach schaltete sie das Licht ein und hoffte, dass es von draußen nicht zu sehen war. Ihre Aufmerksamkeit konzentrierte sich auf den Kasten, auf dem der Flachbildschirm von LG stand. Receiver, DVD-Player und Stereoanlage füllten den rechten Teil darunter aus. Der linke Abschnitt des Kastens beinhaltete jedoch eine Lade, die Sara herauszog. Dazu musste sie allerdings in die Hocke gehen, was mit Leni in der Trage herausfordernd war. Mehrere Fotoalben kamen zum Vorschein. Sara nahm das oberste heraus, sie streckte ihre Beine wieder durch und schlug das Album vor Lenis Augen auf. Ein deutlich jüngerer Schwarzmüller zeigte seinen durchtrainierten Körper. Er trug eine dunkelblaue eng sitzende Badehose. Pattaya, 2003 war unter dem Foto per Hand vermerkt worden. Sara ließ die einzelnen Blätter durch ihre Finger gleiten. Schwarzmüller war mehrmals mit sehr jungen Thailänderinnen abgebildet worden. Darüber, wie alt die Mädchen gewesen waren, wollte Sara keine Vermutungen anstellen, da sie sich bei den Asiatinnen mit einer Schätzung schwertat.

Jung, sehr jung sind sie aber gewesen.

Irgendwo muss er doch Bargeld in der Wohnung haben.

Oder zumindest wertvolle Uhren, Manschettenknöpfe.

Irgendetwas, das ich zu Geld machen kann.

Wahrscheinlich im Schlafzimmer.

Sara öffnete die Jalousien und begab sich mit Leni in ihr ehemaliges Schlafgemach.

Vorhänge!

Schnell trat Sara ans Fenster und zog die dunklen Stoffvorhänge zu. Nur vom Gang drang noch schwaches Licht in den Raum. Sara betätigte den Lichtschalter neben der Tür. Ein Luster mit unzähligen Kristallsteinen, die das Licht der Glühbirne reflektierten, erhellte das Zimmer.

Zu grell für meinen Geschmack.

Leni streckte beide Arme dem Luster entgegen.

»Ist schon gut. Ich hebe dich hoch.«

Sara griff ihrer Tochter unter die Achseln und befreite sie aus der Trage, indem sie ihre Arme nach oben durchstreckte. Lenis Rücken und Po zeigten dabei weiterhin zu Sara. Die Kleine gluckste vor Freude, als sie dem Kristallluster einen Stoß versetzte. An Wänden und am Boden huschten jetzt einzelne Lichtpunkte vor und zurück. Nochmals stieß Leni den Luster an, diesmal kräftiger.

»So, ich setze dich jetzt auf den Boden.« Sara drückte Leni die gelb-rote Rassel in die Hand und hoffte, dass keinem der Nachbarn das Gebimmel, das nun startete, auffallen oder sie gar stören würde.

Ein Bilderbuch wäre besser gewesen. Aber jetzt ist es zu spät. Sara ließ ihren Blick durch das Zimmer schweifen. Die Möbel aus dunklem Holz waren eindeutig neu.

Edel, zu teuer für mich.

Schwarzmüllers Bett war mit einem hellen, orangefarbenen Leintuch überzogen, das unter der weinroten Decke hervorblitzte. Am Kopfende des Bettes, in dem gut und gerne auch zwei Personen schlafen könnten, lag ein Tempur-Kissen. Sara zog die Lade des Nachtkästchens auf. *Drei Packungen Tempotaschentücher, eine Kartonschachtel mit 10 Stück Performax Intense Kondomen.* Sara öffnete die Lasche der Schachtel.

Nur noch vier Stück drinnen.

Schwarzmüller hat noch ein Sexleben. Im Gegensatz zu mir. Sie legte die Schachtel wieder ins Nachtkästchen zurück und schloss die Lade. Am Schreibtisch stand ein Flachbildschirm, dazu gab es Tastatur und Maus. Die Dockingstation für den Laptop war leer. Zwei Rechnungen für Strom und Wärmebereitstellung lagen am Rand rechts außen. Ungefähr zwanzig Mappen belegten das Bücherregal an der Wand. Sara las die Beschriftungen.

Lehrunterlagen für die Schule.

Noch immer bimmelte Leni mit ihrer Rassel vergnügt vor sich hin. Sara stellte jetzt auch ihre Handtasche neben ihrer Tochter auf den Parkettboden. Dann zog sie die Schiebetür des Kleiderkastens auf, sodass sie einen Blick in das Innere der rechten Hälfte werfen konnte. Mehrere Jacken und Sakkos hingen an Kleiderhaken. Darunter gab es drei Schiebefächer. Das erste beinhaltete Schwarzmüllers Unterhosen. Hauptsächlich von Calvin Klein. Das zweite seine Socken. Meist in schwarzer Farbe. Einige Sportsocken in Dunkelblau.

Treffer!

In der untersten Lade sprang Sara ein blauer Ordner geradezu entgegen und rief förmlich: »Nimm mich!«

Sara holte ihn heraus, sie ging zum Schreibtisch, setzte sich in den Drehsessel und schlug den Ordner auf.

Bankunterlagen.

Auf dem Vermögenssparbuch bunkerte Schwarzmüller 92.321 Euro.

Gesichert mit Losungswort.

Lebensversicherung.

Pensionsversicherung.

Sara blätterte weiter.

Ja!

Fünfhundert-Euro-Scheine hatte Sara bisher noch nicht in ihren Händen gehalten. Aber es war eindeutig. In einer Klarsichthülle steckten mehrere der wertvollen Geldscheine. Sara holte sie hervor.

Eins, zwei, drei, vier, fünf … zehn Stück.

Wenn ich mir zwei der Scheine nehme, fällt es Schwarzmüller wahrscheinlich erst Wochen oder gar Monate später auf.

»Henne! Henne! Henne!« Sara schaute zu Leni, die zu bimmeln aufgehört hatte, stattdessen rutschte das Mädchen mit dem Rücken voran, noch immer am Hosenboden sitzend, auf Sara zu.

Ich kann nicht anders. Leni hat nur das Beste verdient!

Sara legte alle zehn Geldscheine neben dem Ordner auf die Schreibtischplatte. Dann blätterte sie weiter. Als Nächstes befand sich eine notarielle Vereinbarung darin. Schwarzmüller hatte von seinen Eltern bereits sein Erbe ausbezahlt bekommen. Nochmals blätterte Sara um. Eine weitere Klarsichthülle kam zum Vorschein. Darin steckten mehrere Polaroid-Fotos. Geschockt deckte Sara sie instinktiv mit beiden Händen ab, sie schaute zu Leni, doch die konnte gar nichts gesehen haben. Die Kleine saß noch immer auf dem Fußboden und rutschte verkehrt in Richtung Schreibtisch.

Sara brauchte Gewissheit. Langsam spreizte sie ihre Finger, sodass sie Fragmente der Fotos sah.

15

»Erkennen Sie einen der Männer?«, wollte Stefanie Leitner wissen.

Umetzbergers Gesicht sprach Bände. »Kann man wohl sagen.« Die Inspektionsleiterin hatte ihr gesamtes Team versammelt. Vor ihnen liefen nebeneinander auf mehreren Monitoren die Videoaufzeichnungen von der Nacht im Mostdance, in der Estera Ionescu ermordet worden war.

»Namen, wir brauchen Namen«, erinnerte Leitner.

»Okay.« Umetzberger zeigte auf den Monitor direkt vor sich. »Der alte Knacker ist Magister Gernot Hofer. Seines Zeichens ein Tier im Stadtrat von Amstetten. Jetzt wundert mich nichts mehr.« Besagter Hofer ließ gerade Daria Ivanova in einem der laubenartigen Separees für sich strippen. Daria lehnte am Tisch, setzte sich darauf, ließ ihren Oberkörper langsam nach hinten fallen, bis sie auf der Tischplatte lag. Dann spreizte sie ihre Beine. Hofer stierte sie an. Man konnte förmlich riechen, wie geil er auf die Bulgarin war. *Mal sehen, ob der Herr Stadtrat auch brav seine Zeche bezahlt, oder ob das hier als Geschenkannahme oder gar Bestechung einzustufen ist.*

»Hier drüben, das ist Harald Eigelsreiter, der hat schon für einige Mostviertler Betriebe im Verkauf gearbeitet. Ich bin mir gar nicht sicher, bei wem der im Moment beschäftigt ist.«

Leitner notierte Eigelsreiters Namen auf ihrem Block. »Er scheint jedenfalls asiatische Kunden ins Mostdance gelockt zu haben«, ergänzte Umetzberger. Leitner ging nicht weiter darauf ein. Die Japaner, Koreaner oder Chinesen, wo immer sie auch herkamen, interessierten sie nicht. Die wirkten harmlos und unbeholfen, so als ob sie nicht wussten, was sie hier im Mostdance zu suchen hatten.

»Wer kennt einen der anderen Herren?«

Umetzberger hatte ihre Mannschaft um sich versammelt, um die Stripclubbesucher möglichst vollständig identifizieren zu können. »Bernhard Aichinger«, sagte die einzige Politesse im Raum. »Das ist einer der Körndlbauern aus Sankt Georgen.« Auch die männlichen Kollegen mussten den einheimischen Getreidefarmer erkannt haben, sie hielten sich aber vornehm im Hintergrund. *Die verpesten bisher nur die Luft hier drinnen, aber was soll ich machen? Zur Not schicke ich Kopien der Aufnahmen an die Dienststellen in den Nachbarortschaften. Natürlich auch nach Amstetten.*

»Das ist Holzer.«

Der Baumeister trug ein dunkles T-Shirt mit einem aufgedruckten Schriftzug über der linken Brust, den Leitner nicht lesen konnte. Dazu Jeans, in der Hand hielt er eine lederne Aktentasche. *Mit einem Kunden ist er nicht dagewesen, sondern nur wegen Estera.* Die Anwesenden verfolgten, wie Holzer schon nach wenigen Minuten mit Estera in einer der Gartenlauben verschwand und die Aktentasche unter dem Tisch verstaute. Stefanie Leitner bekam nun erstmals eine Kostprobe von den speziellen Fähigkeiten des Mordopfers. Die Kamera war zwar in einigen Metern Abstand montiert und zeigte den gesamten Raum des Separees und keine Nahaufnahmen von Estera und Holzer, trotzdem verstand Leitner schon sehr bald, wieso ein oder gar mehrere Männer dieser Stripperin aus Rumänien verfallen hatten können. *Ihr Gesicht, der Mund, und vor allem die Augen.* Heinz Holzer verlor sich eindeutig in Esteras Augen. Seine Hände wanderten von den Schultern der Stripperin, über ihre Arme bis hin zu ihren Hüften nach unten, doch Holzers Blick blieb immerzu auf Esteras Gesicht gerichtet. Die Rumänin saß rittlings auf Holzers Schoß, sie ließ ihre Hüften kreisen, nahm seine Hände und legte sie auf ihre nackten Brüste, gleichzeitig erhöhte sie mit ihren Hüften den Rhythmus. Estera ließ Holzers Hände nicht los, noch immer hielten die beiden den Blickkontakt aufrecht. Dann bäumte sich Holzers Körper auf, in Ekstase öffnete er kurz seinen Mund. Leitner konnte förmlich sein Aufstöhnen in Gedanken hören, dann wich die Spannung aus Holzer und er sank in sich zusammen. Estera beugte sich zu ihm nach vorne. Zuerst küsste sie Holzer auf seine Wange, dann auf den Mund.

»Jetzt wissen wir, wieso die Männer bevorzugt mit Estera ins Separee wollten«, stellte Umetzberger fest. »Von den anderen Stripperinnen werden sie nur geil gemacht, kommen aber nicht zum Schuss.«

»Das wissen wir nicht«, warf Huber ein. Stefanie Leitners Kollege hatte sich bisher für seine Verhältnisse sehr zurückgehalten. »Außerdem, wer sagt denn, dass Estera das auch mit anderen Kunden so gehandhabt hat?«

»Ach, kommen Sie schon!« Umetzberger stand auf. Sie war sichtlich ungehalten. »Sie hat Holzer zum Orgasmus gebracht. Wir wissen von den anderen Stripperinnen und von Sträusler, dass genau diese Estera seine erfolgreichste Stute gewesen ist. Die anderen haben sich darüber aufgeregt, dass alle immer nur mit Estera nach hinten wollten.«

»Holzer war aber mehr als nur ein gewöhnlicher Kunde«, stellte Stefanie Leitner fest. »Estera ist mit ihm gemeinsam bei Sträusler gewesen, weil sie angeblich aussteigen und nur noch für Holzer da sein wollte.«

»Ist sie tatsächlich ausgestiegen?«, fragte Umetzberger. »Ich habe sie jedenfalls gerade noch in vollem Einsatz gesehen!«, gab sie sich gleich selbst die Antwort.

»Sträusler hat laut Holzer abgewiegelt, sie konnte nicht so einfach raus aus dem Club«, erklärte Huber.

»Sträusler sagt, dass genau das mit Estera abgesprochen gewesen ist«, ergänzte Leitner.

»Ich denke, Estera hat versucht, jeden auszunehmen, der einigermaßen viel Kohle zu bieten hatte und auf sie angesprungen ist«, stellte Umetzberger fest.

»Dann schauen wir uns einfach an, wie sie mit den anderen Gästen umgegangen ist«, schlug Leitner vor.

»Okay.« Umetzberger setzte sich wieder auf ihren Sessel. Zur selben Zeit stieg Estera von Holzers Schoß herunter, der bückte sich und zog seine lederne Aktentasche unter dem Tisch hervor. Leitner verfolgte, wie Holzer seine schwarze Geldbörse herausholte und Estera einen Fünfzig-Euro-Schein in die Hand drückte. Die Rumänin küsste ihn nochmals auf die Lippen, danach zog sie sich ihr Höschen, BH und das knapp sitzende Dirndlkleid samt Schürze an. Holzer blieb währenddessen sitzen und redete auf Estera ein. Mehrmals schüttelte die Rumänin energisch ihren Kopf, doch Holzer sprach weiter. Fertig angezogen und bereit zu gehen, nickte Estera schließlich und zauberte damit einen breiten Grinser ins Gesicht ihres Verehrers.

Zuerst verließ Estera das Separee und verschwand hinter einer Tür in einen Raum, in dem anscheinend keine Kameras montiert waren. Holzer schlenderte gemächlich und noch immer mit einem Lächeln im Gesicht zur Männertoilette.

»Wäre interessant zu wissen, was er außer dem Portemonnaie noch alles im Koffer hat«, sagte Umetzberger. Auch Holzer verschwand aus dem Blickfeld der Kameras.

»Eine zweite Unterhose zum Wechseln«, stellte Huber fest. Als er Umetzbergers fragenden Gesichtsausdruck registrierte, fühlte sich Huber bemüßigt hinzuzufügen: »Niemand will länger als nötig mit einer Ladung Sperma in der Hose rumlaufen. Die haben das sicher schon öfter gemacht. Holzer ist also vorbereitet.«

Umetzberger schaute angewidert drein.

»Die Männer unter uns verstehen das wohl besser, stimmt's?«

Schwaches, kaum merkliches Nicken der Polizisten.

»Da! Ist das nicht Estera auf der Bühne?«, rief Huber, sichtlich froh darüber, das Thema wechseln zu können.

Die Rumänin hatte sich umgezogen. Bereits kurz nach Beginn ihrer Aufführung blitzten das rote Höschen und auch der gleichfarbige BH hervor. Leitner war sich sicher, dass die Stripperin nun die Teile trug, die sie auch anhatte, als ihre Leiche aufgetaucht war. Das dazugehörige Dirndl war rot-weiß gemustert. Auch die Stöckelschuhe passten perfekt zum Outfit.

»Die macht nichts anderes auf der Bühne wie die anderen auch«, stellte Umetzberger fest. »Manuela Distelberger oder unsere Bulgarin Daria halten da doch locker mit.«

Estera bewegt sich geschmeidiger, wie eine Raubkatze. Daria, ja, sie ist nahe dran an Estera. Manuelas Manko ist einfach ihr Gesicht.

»Ich bitte Sie!«, antwortete Huber. »Diese Estera ist doch um mindestens eine Klasse besser.«

»Ich sehe es nicht.«

»Weil Sie kein Mann sind.«

»Sie macht auf der Bühne nichts anderes als die anderen Nutten!«

»Moment Mal!« Huber hob seinen Zeigefinger. »Das sind Stripperinnen, keine Nutten. Nutten sind Prostituierte und die haben Sex mit ihren Kunden. Stripper ziehen sich aus und machen ihre Kunden damit geil.«

»Okay«, lenkte Umetzberger ein. »Dann ist also nur unser Mordopfer eine Nutte gewesen, oder behaupten Sie etwa, dass die nicht gerade mit Holzer Sex im Separee hatte?«

Keine Ahnung, ob das zählt. Wenn ja, bekäme Sträusler Probleme, aber das interessiert mich vorerst nicht – ich habe einen Mordfall aufzuklären und bin nicht von der Sitte.

Auch Huber schien gleicher Meinung wie Stefanie Leitner zu sein, denn er ersparte sich und den anderen einen Kommentar zu Umetzbergers Frage. »Da kommt unser lieber Herr Holzer in frischen Unterhosen aus der Toilette«, sagte Huber stattdessen. Der Baumeister nahm am vordersten Tisch Platz und verfolgte dort den zweiten Teil von Esteras Vorstellung. Kein Muckser war mehr im Raum der Polizeidienststelle zu hören. Auch Umetzberger blieb stumm. So unauffällig wie möglich musterte Leitner die Polizisten um sich herum. Völlig gebannt verfolgte jeder der Männer das Geschehen am Bildschirm. Auch die Politesse wendete ihre Augen nicht ab. Jede Bewegung Esteras saß perfekt, war genau aufeinander abgestimmt. *Vor allem sind es aber ihre Augen.* Erst jetzt wurde Stefanie Leitner bewusst, dass die Rumänin immer wieder sekundenlang direkt in die Kamera schaute. Das hatte bisher keine ihrer Vorgängerinnen getan. *Sie weiß, wo sie montiert ist, und ihr ist bewusst, wer sie durch die Augen der Kamera beobachtet. Estera hat nicht nur mit dem Publikum, sondern auch mit Sträusler gespielt.* Zum Abschluss ihrer Vorstellung stand Estera vollkommen nackt auf der Bühne, sie verbeugte sich, warf eine Kusshand in Richtung der Zuschauer, und dann noch eine nach oben zur Kamera. *Fast scheint es so, als hätte Estera gewusst, dass diese Aufnahme nicht nur Sträusler zu Gesicht bekommen wird – aber das ist natürlich Unfug. Sie hat bestenfalls geahnt, dass sie in Gefahr schwebt, mehr aber auch nicht, sonst hätte sie doch um Hilfe gebeten, oder nicht?* Estera packte Höschen, BH und Dirndl zusammen und lief in ihren Stöckelschuhen von der Bühne.

Eine Viertelstunde später beglückte Estera schon Herrn Magister Gernot Hofer im Separee. Auch von ihm kassierte sie ihre fünfzig Euro. Allerdings durfte sie der Herr Stadtrat nicht anfassen und sie rieb sich auch nicht mit ihren Hüften an seinen. Als Hofer nach der Privatvorstellung aufstand, konnte jeder im Raum der Polizeidienststelle anhand der Ausbeulung in seinem Schritt erkennen, wie geil die Rumänin ihren Kunden gemacht und unbefriedigt zurückgelassen hatte.

Huber nickte zufrieden. Der hämische Kommentar, den Leitner von ihrem Kollegen gegenüber Umetzberger erwartete, blieb aus.

Eine weitere Viertelstunde später saß Estera rittlings auf Bernhard Aichinger. Beim Körndlbauern spulte Estera wieder ihr bestes Programm ab. Sie führte Aichingers Hände zu ihren Brüsten. Deutlich erkannte Leitner, wie der mit seinen Wurstfingern in ihre Brustwarzen zwickte. Das veranlasste Estera aber nur dazu, ihre Hüften noch wilder auf dem Schoß des Mannes kreisen zu lassen. Auch mit ihm hielt sie intensiven Blickkontakt. Nach dem Orgasmus küsste sie Aichinger auf die Wange und danach auf seine Lippen. Aichinger drückte der Rumänin siebzig Euro in die Hand und verschwand danach sofort aus dem Stripclub. Holzer lungerte währenddessen desinteressiert auf seinem Sessel am vordersten Tisch. Das Geschehen auf der Bühne interessierte ihn kaum. Nur als Daria auftrat, klatschte er danach Beifall, und erst als Estera ihren nächsten Auftritt hatte, saß er wieder aufrecht und prostete ihr mit seinem Wieselburger Bier zu.

Auch die Getränke sind aus dem Mostviertel. Ob die einen Most im Programm haben? Wahrscheinlich. Sekt oder gar Champagner wird es aber nicht aus der Heimat geben.

Esteras Dirndl war nun blau-rot mit weißen Spitzen. Die Dessous darunter waren gleichgeblieben wie zuvor. Estera befreite sich diesmal schon zu Beginn mittels zweier Handgriffe ihres BHs und ließ dann auch ihr Höschen kunstvoll zu Boden gleiten, sodass es keinen Sinn gemacht hätte, andere Wäsche zu tragen.

»Das ist ja nicht auszuhalten!« Umetzberger stand auf. Sie ging zum Fenster, es quietschte, als sie es aufzog. »Frische Luft! Die brauche ich jetzt.«

Estera kokettierte wieder mit der Kamera, auch die Kusshand am Ende fehlte nicht. Unmittelbar nach der Vorstellung verschwand sie mit Holzer wieder im Separee.

»Hat der noch immer nicht genug?«, wollte Umetzberger wissen und setzte sich auf ihren Platz. »So ein geiler Bock.«

Doch die Stripperin zog sich nur in einer vollkommen unaufgeregten und zurückhaltenden Weise vor ihm aus. Holzer schaute kaum hin, redete aber ununterbrochen auf sie ein. Estera schüttelte hin und wieder ihren Kopf. Zum Schluss nickte sie auch diesmal. Danach bekam sie ihre fünfzig Euro.

»Wäre gut zu wissen, wie viel die davon an Sträusler abliefern muss«, sagte Umetzberger.

»Bei dem Tempo wäre die bald sämtliche Sorgen losgewesen, auch wenn sie die Hälfte der Einnahmen abgeben hat müssen, wäre sie in ihrer Heimat eine gemachte Frau gewesen«, stellte Huber fest.

»Wenn uns Sträusler keinen Bären aufgebunden hat«, sagte Leitner.

»Du meinst, dass er sie doch gehindert hätte zu gehen?«

»Dann bringt die ganze Kohle den Mädels überhaupt nichts.«

»Also, ich glaube dem Sträusler«, sagte Umetzberger. »Irgendwann sind die zu alt. Außerdem braucht er ohnehin immer Frischfleisch, sonst kommt ihm doch keiner mehr in den Club. Estera war kalt und berechnend, der ist es zuzutrauen, dass sie Holzer alles nur vorgespielt hat.« Umetzberger machte eine Pause. »Den Aichinger hat sie doch genau gleich behandelt.«

Stimmt, der hatte nur keine Wäsche zum Wechseln mit und ist deshalb gleich abgehauen. Mit dem müssen wir unbedingt noch reden.

»Ich habe genug gesehen, wieso lassen wir das Video nicht im Schnelllauf durch?«, schlug Umetzberger vor.

»Ich will nicht die kleinste Kleinigkeit übersehen«, erwiderte Leitner. »Wir schauen in normalem Tempo weiter.«

Stefanie Leitner registrierte, wie sich Hubers Mundwinkel nach oben zogen. *Ein Fernsehtag wie dieser ist nach seinem Geschmack. Auch die einheimischen Polizisten können sich nicht beschweren …*

Zwei weitere Stunden waren vergangen. Immer wieder streckte sich der eine oder andere der Polizisten auf seinem Sessel. Leitner selbst war mehrmals aufgestanden. Einige Namen hatte sie noch auf ihrem Zettel notiert – neue Gäste des Mostdance aus dem Mostviertel, die den Polizisten bekannt waren. Nun verfolgten sie, wie Estera mit einer Tasche aus dem Raum kam, in dem keine Kameras installiert waren. Sie trug das rot-weiße Dirndl vom ersten Auftritt. Ihr Blick traf sich mit dem Holzers. Der hatte die Rechnung zuvor schon beglichen, er griff sich seine Aktentasche, stand auf und ging zu Estera. Die Rumänin hakte sich bei ihm ein und verließ gemeinsam mit Heinz Holzer das Mostdance.

Das glaub ich jetzt nicht.

Holzer hat uns das nicht erzählt, auch Sträusler nicht. Auch keine der anderen Stripperinnen!

16

Sara hielt die beiden Polaroid-Fotos in ihrer rechten Hand, mit der linken deckte sie die Aufnahmen ab, sodass sie nicht sehen musste, was dort abgebildet war. Vor allem sollte kein Passant, der vorbeikam und einen Blick ins Auto warf, mitbekommen, was Sara da in ihren Händen hielt. Leni schlummerte im Kindersitz auf der Rückbank. Jeden Moment rechnete Sara damit, dass ihre Tochter aufwachen würde, denn sie parkte nun schon mehrere Minuten vor der Berufsschule und hatte den Motor abgestellt, um nicht unnötig aufzufallen.

Schwarze Wolken zogen über den Himmel, die Wetterfrösche im Radio hatten ein Gewitter für den späten Nachmittag angekündigt. Ein Mann führte seinen Schäferhund an der Leine in Richtung des Pflegeheims Gassi. Sara hörte durch das heruntergelassene Fenster der Fahrertür aufgeregtes Geplapper und schaute zur Schule. Ein Schwarm Schülerinnen wurde förmlich auf den Platz vor dem Gebäude durch die Glastür hinausgeschwemmt. »Urlaub«, »Italien«, »Griechenland«, »Island«, »Freibad«. Lachen und immer wieder helles Lachen drang an Saras Ohren. Ihr kam es so vor, als wäre die Stimmung unter den Jugendlichen diesmal deutlich ausgelassener als bei ihrer letzten Stippvisite vor wenigen Tagen. Sie hatte damals auf Schwarzmüller vor der Schule gewartet, der dann zum Freibad geradelt war.

Schwarzmüller, die perverse Sau.

Da!

Das ist doch das blonde Mädchen!

Das Berufsschulmädchen trug einen knielangen dunkelblauen Faltenrock, der sich im Wind eng an ihre dünnen Beine schmiegte. Auch das weiße T-Shirt mit blauem Aufdruck wurde an den schmalen Oberkörper des Mädchens gedrückt. Die blonden Haare flatterten ihr über die Schultern. Sie war alleine durch die Tür ins Freie getreten, jetzt musterte sie unsicher die Umgebung, zaghaft ging sie Richtung Straße.

Du suchst dir also die schüchternen, unsicheren Mädchen aus. Dann hast du leichtes Spiel!

Auf dem Rücken trug die Berufsschülerin einen kleinen schwarzen Rucksack, in dem mit Sicherheit kein Schulbuch Platz fand. Sie kam ganz nah an Saras Auto vorbei. Das Mädchen biss sich mit ihren Zähnen auf die Unterlippe. Sara spreizte ihre Finger und warf einen kurzen Blick auf das Polaroid.

Eindeutig! Das ist sie!

Schwarzmüller, du Schwein, treibst es mit deinen Schülerinnen!

Hinter Sara raschelte es. Sie klemmte die Bilder verkehrt zwischen Sitzpolster und Lehne am Beifahrersitz fest. Dann drehte sie sich um, müde, aber offene Augen blickten ihr entgegen. »Schlaf ruhig weiter. Wir fahren noch ein Stück!« Gleichzeitig mit ihren Worten startete Sara den Motor. Leni schloss zufrieden ihre Augen, Sara drehte ihren Oberkörper wieder nach vorne. Das blonde Mädchen war nirgends mehr zu sehen. Sara setzte den Blinker, in ihrem Seitenspiegel tauchte ein Radfahrer auf, sie ließ ihn passieren. Er trug eine dunkle Anzugshose, die Hosenbeine waren mit Wäscheklammern verschmälert, dazu ein blaues Hemd und eine Hornbrille. Der Fahrradfahrer stemmte sich gegen den immer stärker werdenden Wind.

Schwarzmüller!

Sie fuhr los, hinter Schwarzmüller her. Diesmal radelte ihr Nachmieter in Richtung Stadtzentrum davon.

Heute gar kein Freibad bei dem Wetter. Schade für dich. Oder hast du gar ein Techtelmechtel mit einer deiner Schülerinnen?

Sara schaltete in den zweiten Gang. Vor ihr blitzte es, dann hörte sie den Donner. Immer näher kam sie Schwarzmüller. Es gab keinen Fahrradweg, die Straße war schmal. *Wie ein Unfall würde es aussehen. Wie ein blöder Zufall, dass ich ausgerechnet meinen Nachmieter überfahre.*

Ich habe die Fotos dabei! Bin bei ihm eingebrochen.

Es wäre Mord.

Vorsätzlicher Mord.

Sara ging vom Gas und ließ Schwarzmüller ziehen, der nun immer angestrengter in die Pedale trat. Sie schaute in den Rückspiegel und streckte sich so weit, dass sie Lenis Haarschopf erkannte. Der Kopf der Kleinen bewegte sich nicht.

Leni schläft.

Was mache ich nur?

Schwarzmüller zerstört die Leben seiner Berufsschülerinnen, für immer!

Junge, noch unschuldige Frauen – wie meine Leni es einmal sein wird. Ich muss Schwarzmüller stoppen.

Nur wie?

Regen prasselte auf die Windschutzscheibe. Sara schaltete den Scheibenwischer ein.

»Alles gut, schlaf weiter«, rief sie nach hinten, als Leni mehrere unsichere Laute von sich gab.

Bis Schwarzmüller in der Wohnung ankommt, ist er nass bis auf die Haut. Am besten wäre es, er ersäuft im Regenwasser.

17

Im Innenhof stand ein rotlackierter Traktor. Zwei getigerte Katzen schliefen nebeneinander an der Hausmauer in der Sonne. Eine hob bei Ankunft des Passats ihren Kopf, sie schloss ihre Augen aber sofort wieder und auch ihr Haupt landete nochmals auf ihren Pfoten. Leitner und Umetzberger warteten einige Sekunden ab, es kam aber kein Hund herbeigestürmt, der den Hof bewachte. Die beiden stiegen aus und gingen auf die von Blüten eines Rosenstrauchs umrankte Eingangstür zu.

»Hallo! Ist jemand daheim?«, rief Umetzberger.

»Komme schon!«, antwortete eine weibliche Stimme aus dem Innern des Bauernhauses.

Der gute Aichinger wird doch nicht verheiratet sein?

Es war Stefanie Leitners Idee gewesen, dem Körndlbauer einen Überraschungsbesuch auf seinem Hof abzustatten. Neuerlich einen ganzen Tag in dem Hinterzimmer der Polizeiinspektion Sankt Georgen wollte sie nicht verbringen, auch wenn der Raum mit einer Küche ausgestattet war und die Inspektorin schon in unwirtlicheren Zimmern ihre Ermittlungen durchgeführt hatte. Dort auf die Freigabe für die Hausdurchsuchung bei den Holzers zu warten, wäre einfach nur lähmend gewesen. Der Ausflug zum Bauernhof des Stripclubbesuchers bot sich da einfach an und sorgte für die willkommene Abwechslung.

Kollege Huber interviewte zwischenzeitlich mehrere der Gäste des Mostdance, die auch in der Mordnacht den Club besucht hatten, aber gemäß Videoaufzeichnungen keinen direkten Kontakt zu Estera gehabt hatten. Huber sollte herausfinden, ob einer der Männer etwas Verdächtiges bemerkt hatte, was zur Aufklärung des Mordes beitragen könnte.

»Griaß eich!«

Die Frau, die nun die angelehnte Haustür vollends öffnete, trug ein schwarz-braunes Kopftuch und eine dunkelblaue Schürze mit weinroten Punkten. Die gebückte Körperhaltung und das zerfurchte Gesicht zeugten von einem langen und wahrscheinlich nicht immer einfachen Leben. Mit einem Mal klarte sich ihr Blick auf. »Ah«, sagte die Bäuerin. »Griaß di, Maria, in der Uniform hätte ich dich fast nicht erkannt. Wie geht es dir denn?«

»Danke, gut!«, antwortete die Inspektionsleiterin.

»Eine Schande ist das mit deinem Bruder. Was macht er jetzt?«

»Franz arbeitet für den Maschinenring, das passt schon.«

»Trotzdem, den Hof der Eltern einfach so zu verscherbeln.«

»Die Wirtschaft hat sich nicht mehr gerechnet. Die Förderungen der EU sind gekürzt worden.«

»Ja, stimmt leider!«

»Ist dein Sohn Bernhard auch da?«, wechselte Umetzberger das Thema.

»Der isst gerade seine Jause, kommt herein.«

Leitner und Umetzberger folgten der Frau ins Haus. Die Mauern im Eingangsbereich waren weiß getüncht, dunkelgraue Fliesen bedeckten den Boden. Die Bäuerin führte die beiden in die Küche. »Bernhard, du hast Besuch. Polizei.«

Aichinger legte Messer und Gabel zur Seite. Vor ihm auf dem Tisch standen ein Glas Essiggurken und eines mit Kren, daneben lagen eine Tube Estragon-Senf, eine Plastikpackung mit geschnittenem Gouda, Butter und ein Laib Bauernbrot. Das Geselchte und den Speck auf dem Jausenbrett hatte der Bauer bereits zur Hälfte verspeist. Eine frische Schnitte Brot war dick mit Butter bestrichen. Das Kaiserbier trank er aus der Flasche.

Der Bauer stand auf und hielt Stefanie Leitner seine rechte Pranke entgegen. Der Händedruck mit seinen wulstigen Fingern war fest. »Nehmen Sie doch Platz. Was zu trinken?«

»Nur Wasser.«

Umetzberger schloss sich Leitners Wunsch an.

»Bringst uns zwei Gläser Wasser und dann lässt du uns in Ruhe.«

Aichingers Mutter gehorchte ihrem Sohn sofort. Sie füllte die zwei Gläser und stellte sie vor Umetzberger und Leitner auf die Tischplatte. Aichinger biss in die Scheibe Butterbrot, ohne zu kauen schluckte er sie hinunter. »Es geht um Estera, nicht wahr?«, fragte er, nachdem seine Mutter die Küche verlassen hatte.

Natürlich weiß er davon. Die Medien hatten am Vorabend zwar nicht Esteras Namen veröffentlicht, aber es war durchgesickert, dass es sich bei der Toten um eine Rumänin handelte, die im Mostdance gestrippt hatte. Fuchsteufelswild hatte ihr Böck am Vorabend eine Nachricht auf der Mobilbox hinterlassen und wissen wollen, wer da gegenüber der Presse geplaudert hatte.

Stefanie Leitner hatte keine Ahnung, wo die undichte Stelle gewesen war – und es war ihr auch egal. Schaden war ja keiner entstanden, und es gab auch zu viele Personen außerhalb des Polizeiapparates, die Bescheid wussten. Gegenüber Böck hatte sie am Morgen natürlich versprochen, soweit es ihr möglich war, die undichten Stellen zu stopfen. Unternehmen würde sie diesbezüglich jedoch nichts.

Jetzt saß Leitner auf Nadeln, denn sie erwartete Böcks Rückruf mit dessen Bestätigung, dass mit der Hausdurchsuchung bei den Holzers inklusive deren Autos und der Baufirma begonnen werden konnte.

»Stimmt, es geht um den Mord an Estera«, antwortete Leitner verspätet auf Aichingers Frage. »Wir wissen, dass Sie in der Mordnacht mit ihr im Separee des Mostdance gewesen sind.«

»Das ist noch kein Verbrechen. Estera hat an dem Abend mehrere Kunden gehabt, mit denen sie hinten gewesen ist. Ich habe ziemlich lange warten müssen, bis ich drangekommen bin.«

»Richtig«, bestätigte Leitner. »Dann haben Sie aber ein ganz spezielles Service bekommen.«

Der Körndlbauer blickte Leitner stutzig entgegen. »Ich weiß nicht, wovon Sie sprechen.«

Er stellt sich also tatsächlich blöd.

»Es gibt ein Video davon. Wollen Sie es sich vielleicht ansehen?«

Aichingers Gesichtsfarbe wurde um eine Nuance dunkler. »Moment einmal! Das ist doch illegal! Jemanden ohne sein Wissen zu filmen ist verboten!«

Leitner zuckte mit ihren Achseln. »Von mir aus können Sie Herrn Sträusler, den Betreiber des Mostdance, gerne verklagen«, antwortete sie mit emotionsloser Stimme. »Ich muss einen Mord aufklären, solche Lappalien interessieren mich nicht.«

Der Bauer griff nach seiner Flasche Kaiserbier und leerte sie mit mehreren Zügen. Dabei sprangen Leitner die dicken Wurstfinger Aichingers ins Auge.

Mit denen hat er ihr in die Brustwarzen gekniffen. Sie hat es sich gefallen lassen, ohne zu mucksen.

»Zwischen Ihnen und Estera ist doch mehr gelaufen als nur die Treffen und die Striptease im Mostdance. Geben

Sie es doch gleich zu, wir finden es sowieso heraus.«

»Einen Moment.« Aichinger stand auf, er ging zum Kühlschrank, öffnete ihn und holte eine weitere Flasche Kaiserbier heraus. Mit einem Feuerzeug entfernte er den Verschluss. Dann trank er die Flasche noch im Stehen bis zur Hälfte leer.

»Ja«, bestätigte er dann. »Wir haben uns auch außerhalb getroffen.« Aichinger setzte sich wieder an den Tisch, die Flasche behielt er in seiner rechten Hand.

»Hatten Sie Sex mit Frau Ionescu?«

»So hat sie also geheißen. Ionescu mit Familiennamen.«

»Beantworten Sie meine Frage.«

»Zweimal. Estera wollte mich glauben lassen, dass sie wirklich auf mich steht. Geschenke wollte sie, und Geld. Dann wäre sie auch ganz für mich da, hat sie gesagt.«

»Diese Nutte!« Umetzberger schlug mit der flachen Hand auf den Tisch. »Ich habe es doch gleich gewusst!«

Leitner wollte der Inspektionsleiterin Einhalt gebieten, doch der Hausherr kam ihm zuvor: »Ja«, sagte Aichinger. »Estera hat Geld von mir genommen, trotzdem war es viel besser, mit ihr als mit einer der Prostituierten in einem der Puffs zu vögeln. Esteras Gerede, dass sie zu mir ziehen und nur mehr für mich da sein würde, habe ich nicht ernst genommen.«

»Das sollen wir Ihnen glauben?«, fragte Leitner.

»Es ist die Wahrheit.«

»Estera hat mit anderen Kunden im Separee genau dasselbe abgezogen wie mit Ihnen. Sogar in der Mordnacht. Wahrscheinlich hat sie diese anderen Männer auch wie Sie außerhalb des Clubs getroffen«, sagte Leitner.

Aichinger hielt den Blickkontakt mit der Inspektorin aufrecht. »Es würde mich sogar überraschen«, sagte Aichinger, »wenn Estera neben mir keinen anderen gevögelt hätte. Wir haben es ja nur zweimal getan, und wie schon gesagt, Estera ist aufs schnelle Geld aus gewesen. So viel hat sie von mir nicht bekommen, dass ihr das gereicht hätte.«

»Sie sind eifersüchtig gewesen und haben Estera deshalb ermordet!«

»Das ist doch lachhaft.« Das Bier hatte anscheinend eine beruhigende Wirkung auf Aichinger, denn mit einem Mal war er völlig ruhig und wirkte abgeklärt. »Ihre Kollegin hat es ja selber zuvor festgestellt«, sagte Aichinger. »Estera ist eine Nutte gewesen. Zwar eine, die gut aussah, sich geil bewegen konnte, und im Bett eine Granate gewesen ist, aber sie ist trotzdem eine Nutte geblieben. Das habe ich von Anfang an gewusst. Da soll ich sie aus Eifersucht ermordet haben? Das ist doch nicht Ihr Ernst.«

Endlich.

Stefanie Leitners Smartphone vibrierte. Sie schaute auf das Display. Direktor Böcks Name wurde angezeigt.

»Entschuldigung, da muss ich rangehen.«

18

Eine hüfthoch betonierte Mauer umgab das Haus der Holzers in Sankt Georgen. Darauf war ein dunkel lackierter Holzzaun montiert. Die grau schimmernden Ziegel auf dem Dach wirkten neu. Auch die gelbe Fassade und die dunkelbraun gerahmten Fenster dürften erst vor wenigen Jahren erneuert worden sein.

Das alles konnte aber nicht darüber hinwegtäuschen, dass das Haus der Holzers gut und gerne dreißig bis vierzig

Jahre alt war, dachte Leitner, als sie die geschmiedete Tür des Zauns öffnete.

Grüne Sträucher säumten den gepflasterten Weg, der vom Gehsteig der Straße zur Haustür führte. Der kurz gemähte Rasen zeigte keinerlei Anzeichen von Unkraut.

»Wartet erst einmal hier«, instruierte Leitner Elfriede Auer, die mit zwei weiteren Kriminaltechnikern im VW-Bus aus Sankt Pölten für die Hausdurchsuchung angereist war. Von der Rückseite des Hauses hörte Leitner Stimmen.

»Herr Holzer, Frau Holzer, sind Sie zuhause?«, rief sie.

»Ja, hier hinten im Garten.«

Um das Haus herum führte ein Weg mit Pflastersteinen, dem folgte Leitner, bis sie sich im rückseitigen deutlich größeren Garten befand. Mehrere Apfelbäume waren dort über die Grünfläche verteilt. Die beiden alten Holzers trugen ihre Gartenhandschuhe. Die Frau stand am Hochbeet und musterte Stefanie Leitner neugierig. Alois Holzer jätete hockend Unkraut, er richtete sich schwerfällig auf, als Leitner näher kam. »Ah, Frau Inspektor, was verschafft uns denn die Ehre?«, begrüßte er sie.

»Schön haben Sie es hier, so idyllisch, und ruhig.« Stefanie Leitner zog den gefalteten Durchsuchungsbeschluss aus der Tasche hervor. Sie schüttelte Holzers Hand, dann die der Frau, die sich noch schnell den Handschuh von ihrer rechten Hand abstreifte. Die Gattin des ehemaligen Baumeisters hatte schneeweiße Haare, sie war schlank, ja regelrecht dürr, ihr Gesicht war von Falten zerfurcht und ebenso wie das ihres Mannes von der Sonne gebräunt.

Die viele Gartenarbeit hinterlässt ihre Spuren.

Frau Holzers Blick wirkte hellwach.

»Weswegen ist die Kriminalpolizei bei uns?«, wollte sie wissen.

»Es geht um Ihren Sohn Heinz«, erklärte Stefanie Leitner. »Wir haben herausgefunden, dass er in der Mordnacht das Mostdance, das Lokal in Amstetten, gemeinsam mit der Ermordeten verlassen hat, die Ihr Mann dann am nächsten Morgen ganz in der Nähe gefunden hat.«

Frau Holzer presste die Lippen aufeinander.

»Das bedeutet?«, fragte Alois Holzer.

»Dass Ihr Sohn uns angelogen hat und er nun tatverdächtig ist. Frau Ionescu ist nicht dort ermordet worden, wo Sie sie gefunden haben. Wir suchen daher nach dem Tatort.« Leitner entfaltete den Durchsuchungsbeschluss und hielt Holzer das Dokument entgegen. »Die Verfügung für die Hausdurchsuchung.«

»Aber unser Heinz tut doch keiner Fliege was zuleide!«, jammerte Frau Holzer.

Alois Holzer überflog den Text des Schreibens. »Wir können nichts tun, wir müssen sie in unser Haus lassen«, erklärte er seiner Frau und gab Leitner das Papier zurück. »Sie werden nichts finden. Ich weiß nicht, wo diese Stripperin ermordet worden ist, aber sicher nicht in meinem Haus!«

Holzer setzte sich in Bewegung und marschierte den gepflasterten Weg, den zuvor Leitner genommen hatte, zurück in Richtung Hauseingang.

»Was machst du, Alois?«, rief ihm seine Frau hinterher.

»Was schon? Ich sperre ihnen die Haustür auf!«

Auch Frau Holzer lief jetzt mit kleinen tapsenden Schritten hinter ihrem Mann und Leitner her. Die drei bogen um die Hausecke. »Um Gottes willen! So viele Fremde, die unsere Wäsche durchwühlen!« Frau Holzer schlug die Hände vor dem Gesicht zusammen.

»Wir können nicht anders, wir müssen sie reinlassen.«

»Willst du nicht mit einem Anwalt reden?«

»Später, die Hausdurchsuchung findet sowieso statt und wir haben nichts zu verbergen.« Holzer fischte einen Schlüssel aus seiner Hosentasche und sperrte die Haustür auf.

»So behutsam wie möglich«, instruierte Leitner Elfriede Auer. Mit einem Mal hatte sie ein schlechtes Gewissen, einfach so in das vertraute Heim eines alten, unbescholtenen Ehepaares einzudringen und es so für immer zu entweihen.

Es geht um Mord. Eine Frau ist tot. Da kann ich keine Rücksicht auf die Befindlichkeiten einzelner Personen nehmen. Wieso lassen sie auch ihren erwachsenen Sohn noch immer bei sich wohnen? Eine eigenartige Kombination ist das. Die ist zwar am Land nicht unüblich, aber der Sohn eines Baumeisters, der jetzt den Betrieb führt, alleinstehend bei seinen Eltern daheim? Das ist einzigartig.

Bräunliche Fliesen im Vorraum, weißer Putz, eine antik wirkende Kommode, dazu eine hölzerne Front an einer Wand mit geschmiedeten Kleiderhaken, die mit Jacken und Mänteln zugehangen waren. Drei Paar Hausschuhe am Boden und jede Menge Geweihe von Hirschen und Rehböcken an den Wänden.

»Sie sind Jäger«, stellte Leitner fest.

»Ja«, bestätigte Holzer. »Ich habe einen Jagdschein und die Waffenbesitzkarte für mein Gewehr«, erklärte er weiter.

»Keine Handfeuerwaffe?«

»Nein.« Holzer schüttelte seinen Kopf.

»Wo ist das Schlafzimmer Ihres Sohnes?«

»Heinz hat den gesamten ersten Stock für sich.« Alois Holzer führte Leitner und die Kriminaltechniker über die Holztreppe nach oben, mehrmals knarrte es unter ihren Füßen.

»Haben Sie mitbekommen, wann Ihr Sohn in der Nacht, bevor Sie die Tote gefunden haben, heimgekommen ist?«

Holzer schüttelte seinen Kopf. »Nein, ich schlafe tief und fest. Gott sei Dank.«

Leitner drehte sich zu Frau Holzer um, die als Letzte die Stufen genommen hatte. »Aber bei Ihnen ist das nicht so, stimmt's?«, mutmaßte sie.

»Mein Schlaf ist leider nicht mehr so wie früher«, bestätigte sie.

»Meine Frau weigert sich, die Schlaftabletten zu nehmen, die ihr unser Hausarzt verschreibt. Also muss sie leiden«, erklärte Alois Holzer.

»Sie wissen, wann Ihr Sohn heimgekommen ist.«

»Ja, das Ziffernblatt unseres Weckers leuchtet, wenn es dunkel ist. Es war gegen halb drei.«

»Er ist nicht allein gewesen«, stellte Leitner fest.

»Nein, Heinz, er ist ja schon längst erwachsen und darf natürlich Damen mitnehmen. Wir schreiben da dem Jungen schon lange nichts mehr vor.«

Alois Holzer öffnete die Tür rechter Hand. »Hier ist das Wohnzimmer. Vorne dann Bad und WC. Eine kleine Küche hat er auch. Dann ist da noch das Schlafzimmer.«

Ein kurzer Blick ins Wohnzimmer reichte Leitner. Eine mit braunem Leder überzogene Sitzgarnitur befand sich darin und war zum Flachbildschirm hin ausgerichtet. Daneben an der Wand war die Stereoanlage in einem dunklen Holzkasten eingebaut, der mit Musik-CDs überfüllt war. Im Bücherregal waren die Thriller von Dan Brown, Stieg Larsson, Jussi Alder-Olson und Andreas Gruber nach Autorennamen gereiht.

Keinerlei Ziergegenstände oder Bilder an der Wand. Klar ersichtlich, dass hier keine Frau lebt.

»Beginnen wir im Schlafzimmer«, sagte Leitner und trat wieder in den Gang hinaus. »Ihr Sohn hatte also eine Frau dabei, die beiden sind über die Stufen nach oben. Was ist dann passiert?«, fragte Leitner Frau Holzer.

»Nun, ja, wissen Sie, unser Schlafzimmer ist gleich unter dem von Heinz.«

»Ja?«

Der älteren Dame war es sichtlich unangenehm. »Ich denke, sie hat sich wirklich bemüht, leise zu sein, aber es war nicht zu überhören, dass sie miteinander, naja, dass sie Liebe gemacht haben.«

»Gevögelt haben sie!«, rief Alois Holzer.

»Das haben Sie auch mitbekommen, trotz Ihres tiefen und gesunden Schlafs?«, wollte Leitner von ihm wissen.

»Das Gestöhne war so laut, das hat mich einfach aufgeweckt!«

»Eine Viertelstunde haben wir uns das anhören müssen.« Frau Holzers Gesicht war leicht gerötet. »Dann ist es vorbei gewesen«, fügte sie hinzu.

»Was ist danach passiert?«

Alois Holzer öffnete die Schlafzimmertür seines Sohnes. »Sie haben geredet, im Flüsterton, ich habe jedenfalls nichts verstanden«, erklärte Holzer.

»Dann sind die zwei so gegen halb vier nach unten gegangen«, sagte die Frau.

»Ich hab da schon wieder geschlafen.«

»Heinz hat sie hinausgelassen, die Tür wieder versperrt und ist die Stufen nach oben. Der Junge hat dann noch Musik gehört, leise, sodass er uns nicht stört«, fügte Frau Holzer hinzu.

Leitner betrat nach den beiden Holzers das Schlafzimmer. Das weiße Leintuch war zerknüllt, an der äußeren

Ecke des Fußteils lugte die Matratze hervor. Die hellblau überzogene Bettdecke streifte den Boden. Frau Holzer war es sichtlich peinlich, dass ihr Sohn sein Bett nicht gemacht hatte.

»Nichts anfassen!«

Leitners Ruf hielt Heinz Holzers Mutter gerade noch davon ab, die Decke ihres Sohnes zusammenzulegen. Sie schaute verwundert zu Leitner. »Wir haben doch schon bestätigt, dass die Frau hier gewesen ist«, sagte sie.

»Trotzdem, wir nehmen alles mit.«

»Einen Schuss hätten wir doch gehört, und es müsste hier überall Blut sein«, sagte Alois Holzer.

Elfriede Auer betrat nun das Zimmer. »Lassen Sie uns bitte einfach unsere Arbeit machen«, sagte sie. »Wir finden uns schon zurecht, und wissen, was zu tun ist.«

Frau Holzer nickte. »Wir müssen Heinz anrufen, ihm Bescheid geben«, sagte sie, drehte sich um und ging, ohne noch ein weiteres Wort zu verlieren, Richtung Treppe. Ihr Mann folgte ihr. Stefanie Leitner sagte nichts dazu. Sie wusste, dass ihr Kollege Huber mittlerweile auch das Firmengebäude des Baumeisters mit dem Hausdurchsuchungsbefehl und einem eigenen Kriminaltechniker-Team aufgesucht haben musste. *Vor allem müssen wir alle Fahrzeuge der Holzers sicherstellen und untersuchen. Autos, Lastwagen, Kleinbusse und was es sonst noch so alles im Betrieb der Baufirma gibt.* Leitner stieg die Treppen ins Erdgeschoß hinunter, wo sie wieder auf die Holzers traf. Beide ließen die Schultern hängen, ihre Gesichter wirkten verschlossen. Erst jetzt war ihnen die gesamte Tragweite klargeworden, samt den möglichen Konsequenzen, die ihrem Sohn drohten, falls man Beweise finden würde, welche die Anschuldigungen gegen ihn untermauerten.

19

Kein Wunder, dass die Kerle auf Daria abfahren.

Die Bulgarin saß in kurzen Jeanshosen auf Saras Terrassenboden, ihre endlosen Beine glänzten ölig. Mit einer Hand rollte Daria den gelben Ball über die Holzfliesen hinüber zu Leni. Die strahlte seit Minuten über ihr ganzes Gesicht. Auch jetzt nahm sie den Ball begeistert mit beiden Händen in Empfang. Schon vor über einer Stunde hatte Sara ihre Tochter an Armen, Beinen und im Gesicht mit Lichtschutzfaktor fünfzig eingeschmiert, sodass die Kleine im orangefarbenen Spielanzug mit kurzen Ärmeln und Hosen im Sonnenschein spielen durfte. Ihr Haarschopf wurde vom rotgeblümten Hut geschützt. Das Mädchen war so in das Ballspiel mit Daria vertieft, dass sie ihre Mutter nicht mehr beachtete.

So kenne ich Leni gar nicht. Normalerweise heißt es immer nur Mama! Mama! Mama! Kaum eine freie Minute für mich. Keine andere Person, bei der sie bleibt.

Leni schupfte den Ball beidarmig zu Daria zurück. »Sehr gut!«, lobte die Bulgarin ihre Spielgefährtin und fing ihrerseits den Plastikball mit beiden Armen, drückte ihn an ihren Busen und drehte ihn dann so, dass das Gesicht des aufgemalten Smileys zu Leni zeigte. Deren Zeigefinger deutete sofort auf den Ball und das Lachen der Kleinen wurde zu einem Glucksen.

Lieb von Daria, sich so viel Zeit zu nehmen und mit Leni zu spielen. Sehr schmeichelhaft auch von ihr, dass sie gemeint hat, mit meinem Körper könnte auch ich noch im Stripclub auftreten. Naja, wenn die Kerle dort wirklich so auf große Möpse abfahren, hätte ich, zumindest solange ich Leni stille, eine sichere Einnahmequelle. Im Moment habe ich aber erst einmal genug Geld, kein Grund, sich vor fremden Männern zu entblättern. Das Geld, das uns über die Runden bringt, stammt von Schwarzmüller.

Die Fotos!

Was soll ich tun?

Muss mich mit jemandem austauschen.

Daria?

Wieso nicht?

Daria hat schon Lenis Vater in die Flucht geschlagen …

Sara stand auf, noch immer beachtete Leni sie nicht. Rückwärts stieg sie durch die offen stehende Terrassentür ins Wohnzimmer. Rasch holte Sara aus dem Seitenfach der Babytasche die beiden Polaroids hervor, sie versteckte die Fotos hinter ihrem Rücken, trat auf die Terrasse hinaus und hockte sich neben Daria auf die Holzfliesen.

»Sieh dir die Fotos bitte an«, flüsterte Sara. »Aber zeig sie Leni nicht.«

Die Kleine schupfte den Ball gerade ein weiteres Mal in Darias Richtung. Über den Köpfen der drei flog einer der beiden Störche mit weit ausgebreiteten Flügeln. Fasziniert zeigte Leni mit dem Zeigefinger der rechten Hand nach oben, ihr Kopf lag im Nacken, ihr Blick folgte dem großen Vogel.

Daria schaute auf die Polaroids. Eine tiefe waagrechte Furche durchzog ihre Stirn, als sie die Fotos zu Sara zurückschob. Der Storch verschwand hinter dem Wohnbau, Leni schwang sofort beide Arme energisch auf und nieder und forderte Daria damit auf, mit dem Spiel fortzufahren und den Ball zu ihr zurückzurollen.

»Woher hast du die Fotos?« Darias Lippen bewegten sich kaum, die Wörter waren so leise gesprochen, dass Leni sie nicht verstehen konnte.

»Kann ich dir nicht sagen«, antwortete Sara.

»Warum zeigst du sie mir dann?«

»Die Mädchen sind doch eindeutig zu jung für den Mann, oder?«

»Ja.«

»Der Perversling ist Nachmieter meiner alten Wohnung in Amstetten. Er ist Lehrer, das dünne Mädchen ist Schülerin in der Berufsschule. Wahrscheinlich unterrichtet er sie sogar.«

Daria fing den Ball auf, den Leni ihr zurückgeworfen hatte. Wieder drückte sie ihn an ihren Busen.

»Nochmals, wieso zeigst du mir die Fotos? Was erwartest du von mir?«

»Ich will wissen, was ich damit tun soll.«

»Zur Polizei gehen.«

»Das kann ich nicht.«

Die Bulgarin rollte den Ball zurück zu Leni.

»Dann vergisst du das Ganze besser. Zerschneide die Fotos und wirf die Einzelteile in den Müll.«

»Aber er vergeht sich doch an ihr, er nutzt seine Stellung aus!«

»Das geht dich nichts an.«

»Was, wenn es sich dabei um deine Hermine oder meine Leni handeln würde?«

»Tut es aber nicht.« Daria beugte sich weit nach links, sie bekam den Ball zu fassen, den Leni in den Rasen befördert hatte.

»Du meinst wirklich, ich soll es vergessen? Es auf sich beruhen lassen? Nichts tun?«

Wieder rollte Daria den Ball zu Leni. »Misch dich einfach nicht in Angelegenheiten ein, die dich nicht betreffen, dann bekommst du am wenigsten Probleme. Das habe ich schon früh gelernt.«

Vielleicht hat Daria ja recht. Die Mädchen sind nicht meine Kinder. Ich kenne sie nicht einmal! Wahrscheinlich verstößt Schwarzmüller auch gegen kein Gesetz, so jung sind sie nämlich nun auch wieder nicht, dass sie nicht schon mit gleichaltrigen ihre ersten sexuellen Erfahrungen sammeln würden. Das wäre sogar normal. Ist bei mir auch so gewesen.

Über Sara flog der Storch zurück zu seinem Nest am Schornstein der alten Fabrik. Er landete und kurz darauf hörten sie das eigentümliche Klappern seines Schnabels. Leni streckte hilfesuchend beide Arme in Richtung ihrer Mutter aus.

»Alles in Ordnung«, beruhigte Sara das verunsicherte Mädchen, das nun wieder die Nähe ihrer Mutter suchte und Daria nicht mehr beachtete. Sara rutschte zu Leni, setzte sie auf ihren Schoß und streichelte über den Haarschopf der Kleinen. Deren Augen blieben auf das Storchennest gerichtet.

Auch der Storch kümmert sich nur um seinen eigenen Nachwuchs. Alle anderen sind ihm egal. Es stimmt, was Daria sagt. Ich muss für Leni sorgen, darf kein unnötiges Risiko eingehen. Schon alleine, dass ich mit Leni bei Schwarzmüller eingestiegen bin, nicht auszudenken, was alles hätte passieren können!

20

»Heinz Holzers Fingerabdrücke sind an Esteras Höschen«, fasste Elfriede Auer zusammen. Sie stand rechts neben Stefanie Leitner in Direktor Böcks Büro. Huber hatte sich ganz links positioniert, so weit weg wie möglich von seiner Verlobten. Auer erklärte weiter: »Auch Abdrücke von Alois Holzer und von einer dritten bisher unbekannten Person haben wir sichergestellt.«

Direktor Böck thronte in seinem Drehsessel hinter dem Schreibtisch. »Das ist doch schon was!«, stellte er fest. Böcks Gesichtsausdruck zeigte Leitner jedoch, dass der Direktor mit dem Ergebnis der Hausdurchsuchung und den bisherigen Erkenntnissen im Fall Estera Ionescu alles andere als zufrieden war.

»Keiner der beiden Holzers bestreitet den Kontakt mit der Ermordeten«, erklärte Leitner.

»Den jungen Holzer haben wir ja sogar auf Band«, fügte Huber hinzu. »Er hat den Stripclub gemeinsam mit Estera verlassen und dann haben sie Sex in seinem Bett im Elternhaus gehabt.«

»Das hat Heinz Holzer bereits zugegeben«, sagte Leitner jetzt. »Und der alte Holzer hat mich schon am Fundort informiert, dass er die Tote angefasst hat, um festzustellen, ob noch Leben in ihr ist.«

»Da hat er sie ausgerechnet am Slip betatschen müssen?« Direktor Böck hakte seine Daumen an der Innenseite seiner Hosenträger ein und ließ sie langsam von der Brust den überdimensionierten Bauch abwärts gleiten, währenddessen schüttelte er missbilligend seinen Kopf.

»Ich weiß«, sagte Leitner. »Den alten Holzer dürfen wir als Täter nicht ausschließen. Ein Motiv hätte er gehabt. Welcher Vater sieht es schon gerne, wenn sein Sohn das eigene hart verdiente Geld an eine Frau verschleudert, die noch dazu eine ausländische Stripperin ist?«

Böck blätterte im Bericht, der vor ihm auf dem Schreibtisch lag. »Seine Frau gibt ihm ein Alibi. Das ist nichts wert.«

»Natürlich deckt die Frau ihren Mann«, pflichtete Huber bei.

Böck wendete sich wieder Elfriede Auer zu. »Im Haus, in den Autos, den Lastwagen, am Firmengelände war nichts zu finden?«

»Haare der Toten in der Bettwäsche und Fingerabdrücke in Heinz Holzers Wagen, aber kein Blut und nichts, was darauf hinweist, dass in einem der Fahrzeuge eine Leiche transportiert worden wäre.«

»Wir haben zu wenig gegen Heinz Holzer in der Hand«, stellte Böck fest.

»Aber er ist es gewesen!« Huber bekräftigte seine Aussage, indem er kräftig mit seinem Fuß auf den Boden stampfte.

»Mit dem Staatsanwalt habe ich schon im Vorfeld gesprochen«, sagte Böck. »Wenn wir bei den Hausdurchsuchungen keine weiteren Beweise finden, reicht es nicht für eine Anklage, und schon gar nicht für eine Verurteilung, hat er gesagt.« Böck verschränkte die Arme vor seinem Bauch. »Wir brauchen also ein Geständnis, oder einer der Holzers belastet den anderen, sonst funktioniert es nicht.«

Stefanie Leitner nickte. »Ich rede noch ein letztes Mal mit Heinz Holzer. Vielleicht knickt er doch noch ein.«

Viel Hoffnung habe ich allerdings nicht, fügte sie in Gedanken hinzu.

»Tun Sie das! Wenn sich dabei nichts Nennenswertes ergibt, schicken Sie Holzer nachhause. Dann ermitteln wir wieder in alle Richtungen.« Böck griff sich einen Kugelschreiber und begann die Linien seiner Schreibtischunterlage nachzuzeichnen. »Wenn wir den Fall nicht klären, geht auch keine Welt unter. Die rumänische Stripperin ist schnell vergessen.« Böck hielt inne, er legte den Kugelschreiber wieder zur Seite. »Das bleibt selbstverständlich unter uns.« Nacheinander blickte er Auer, Leitner und Huber in die Augen und forderte deren Zustimmung mittels Kopfnicken ein.

Aufgewühlt verließ Stefanie Leitner danach Böcks Büro.

Ein Mörder läuft frei herum!

Was soll Böcks Aussage?

Die rumänische Stripperin ist schnell vergessen!

Estera hat einen Namen! Ihr Mörder gehört bestraft, er muss hinter Gitter! Wer immer es auch gewesen ist, wir ziehen ihn zur Rechenschaft.

Ob überhaupt einer der Holzers schuldig ist?

Ich bin mir da nicht so sicher wie Huber.

21

Heinz Holzer schlug mit der flachen Hand auf die Tischplatte. »Ich habe Estera nicht ermordet!«, schrie er. »Wie oft soll ich das noch sagen?«

Leitner hatte ihn bereits eine Stunde im Verhörraum des LKA in Sankt Pölten bearbeitet und ihn immer wieder mit demselben Vorwurf konfrontiert, doch Holzer war keinen Millimeter von seiner ursprünglichen Aussage abgewichen.

»Okay, ich glaube Ihnen«, lenkte sie jetzt ein.

Holzer blies Luft durch seine Nasenflügel hinaus. Sein Gesicht leuchtete vor Aufregung rotbraun. »Kümmern Sie sich um Sträusler, das habe ich Ihnen von Anfang an gesagt!«

Bedauernd schüttelte Stefanie Leitner ihren Kopf. »Ich habe da einen ganz anderen Verdacht«, stellte sie fest. Bewusst blieb sie nach ihren Worten stumm und verfolgte, wie sich die Rädchen in Holzers Kopf drehten.

»Mein Vater?«

Leitner nickte.

»Vater hat mit Esteras Tod nichts zu tun.«

»Wir haben aber seine Fingerabdrücke an ihrem Höschen sichergestellt.«

Holzers Mund blieb für zwei bis drei Sekunden offen.

»Das ist doch nicht möglich«, sagte Holzer dann kraftlos.

»Doch!« Leitner schob ihm die Unterlagen über den Tisch hinweg zu. »Hier, die Ergebnisse der Kriminaltechnik, einer der Abdrücke an Esteras Höschen stammt eindeutig von Ihrem Vater.«

Der Baumeister überflog den Text. »Aber Vater wusste doch nichts von Estera und mir.«

»Daran glauben Sie doch selber nicht! Estera hat im selben Ort gewohnt, und Sie haben Estera zu sich nach Hause mitgenommen. Das Schlafzimmer Ihrer Eltern liegt unter Ihrem. Die bekommen alles mit, was Sie dort so treiben.«

Leitner stand auf. Von oben herab sah sie dem jungen Baumeister in die Augen. »Ihr Vater hat einfach nicht länger wegschauen können! Er war es doch, der die Firma aufgebaut hat. Jetzt gehört sie Ihnen, und Sie verschleudern in seinen Augen Geld an eine Stripperin, statt sich voll und ganz um sein Baby, die Baufirma, zu kümmern, riskieren Sie deren Untergang!«

Leitners Zeigefinger war nur mehr zehn Zentimeter vor Holzers Gesicht. Der rückte mit seinem Sessel vom Tisch weg, die Beine des Stuhls scharrten über den Boden. »Ich kümmere mich sehr wohl um meine Firma!«, verteidigte sich der Baumeister.

»An einem ganz gewöhnlichen Wochentag waren Sie im Mostdance und haben sich dann bis in die Morgenstunden mit Estera vergnügt. Ihre Eltern haben das alles mitbekommen. Was denken Sie, was da in ihnen vorgegangen ist?«

Holzer verschränkte die Arme vor seiner Brust. »Aber meine Eltern würden nie jemanden umbringen«, sagte er ungläubig. »Die können doch keiner Fliege etwas zuleide tun.«

Schon wieder diese Phrase von der Fliege. Leitner hob ihren rechten Arm. »Das stimmt nun aber so überhaupt nicht«, stellte sie fest. »Ihr Vater ist Jäger, in Ihrem Haus hängen unzählige Trophäen an den Wänden.«

»Das ist doch etwas vollkommen anderes!«

»Sie waren es, der behauptet hat, Ihre Eltern könnten keiner Fliege etwas zuleide tun.«

»Ein Jäger ist noch lange kein Mörder.«

»Ihr Vater ermordet Tiere!«

»Er sorgt für einen ausgeglichenen Bestand. Viele Tiere haben kaum noch genügend natürliche Feinde.«

Leitner setzte sich und schlug nun einen vertraulicheren Tonfall an. »Herr Holzer, überlegen Sie doch in aller Ruhe. Ihre Eltern haben Sie in der Nacht mit Estera gehört. Zuerst, wie sie lautstarken Sex hatten, und dann, wie Sie Estera zur Haustür hinausgelassen haben. Dann sind Sie wieder über die Treppen nach oben gestiegen. Für Ihren Vater wäre es ein Leichtes gewesen, Estera zu folgen, sie zu erschießen und dann dort neben der Hühnerfarm abzuladen.« Leitner machte eine Pause, dann fügte sie hinzu: »Es war ein geradezu genialer Schachzug von ihm, dass er sie dann auch noch gefunden hat. Ihr Vater hat mich von Anfang an darüber informiert, dass er Estera berührt hat, um zu überprüfen, ob sie tatsächlich tot ist. Daher helfen uns Spuren von ihm am Tatort oder an Estera überhaupt nicht.«

Jetzt war es Holzer, der still blieb. Sein Blick war nach unten gerichtet, er starrte auf die Tischplatte, dann wieder auf den Bericht mit den Fingerabdrücken seines Vaters. Leitner gab ihm die Zeit, die er brauchte, um das Gesagte zu verdauen.

»Vater«, sagte Holzer dann. »Ich kann es einfach nicht glauben!«

Leitner nickte. »Doch«, sagte sie. »Ihr Vater hat Estera aller Wahrscheinlichkeit nach ermordet.«

»Aber Sie können es nicht beweisen?«

»Nein.«

»Ich habe Estera geliebt, ich will, dass ihr Mörder dafür büßt.«

»Das will ich auch.« Stefanie Leitner fühlte, dass Heinz Holzer jetzt so weit war, gegen seinen Vater auszusagen. Sie musste behutsam vorgehen, um keine falschen Beschuldigungen hervorzurufen. »Wenn Ihr Vater tatsächlich Estera ermordet hat, dann müsste er kurz nach ihr das Haus verlassen haben. Nachdem Sie wieder nach oben gegangen sind, haben Sie da irgendetwas gehört?«

Holzer dachte nach, Leitner hielt die Luft an.

»Nein«, enttäuschte der Baumeister die Inspektorin schließlich. »Ich habe Musik eingeschaltet, ziemlich laut, ich hätte es also gar nicht mitbekommen können, falls Vater Estera wirklich gefolgt wäre.«

22

»Ich bin so stark und groß, ich fahre deine Ladung von hier nach dort! Wirf die Klötze in das Loch!« Leni befolgte die Aufforderung des Spielzeuglastwagens. Sie steckte eine der Plastikkugeln in die Öffnung und drückte sie mit ihrer Hand kräftig durch den Widerstand hindurch, sodass das Teil im Kipplaster landete. »Hurra!«, kommentierte der rot-gelbe Wagen, an dessen Vorderseite ein Hund und eine Katze nebeneinander in trauter Zweisamkeit im Führerhaus saßen. Leni schob den Laster nun mehrmals auf den Holzfliesen vor und zurück. Der Lautsprecher des Spielzeugs spulte seinen Text wieder von vorne ab. Sara hockte neben ihrer Tochter auf dem Terrassenboden, sie registrierte jedoch kaum, was Leni tat, da sie mit ihren Augen jede Bewegung der beiden Arbeiter in ihrem Garten verfolgte.

Zu Saras Leidwesen war der Mann vom Maschinenring nicht an einem Flirt interessiert, und das, obwohl er sicher nur vier bis fünf Jahre älter als Sara war und sich auch keinerlei Spuren eines Rings an seinen Fingern abzeichneten. An diesem Morgen hatte Sara es sogar geschafft, Mascara aufzutragen, und seit langem hatte sie auch wieder einmal das auf ihren Hauttyp abgestimmte Make-up von Helena Rubinstein verwendet. Die weiße Bluse legte einen Großteil ihres Busens frei, doch das hatte bisher nur Leni zu würdigen gewusst.

Das grüne T-Shirt klebte schweißnass am muskulösen Oberkörper des Mannes. Gesicht und Arme waren sonnengebräunt, die dunklen Haare schulterlang. Mit dem für ihn typischen verschmitzten Lächeln auf den Lippen hängte er die beiden Enden des Seils in den metallenen Ösen ein, die am Querbalken des Holzgestells montiert waren.

»Passt!«, bestätigte seine Kollegin. Die Frau packte den mit einem hölzernen Pferdekopf versehenen Kindersitz der Schaukel und stieß ihn von sich weg, sodass er weit nach vorne und dann wieder zurück wippte. Leni zeigte sofort begeistert mit beiden Armen in Richtung Schaukel, die leicht seitlich auf der Rasenfläche vor der Terrasse aufgestellt worden war.

»Einen Tag muss sich die Kleine noch gedulden«, rief der Mann. »Der Fertigbeton muss erst aushärten und trocknen.« Er wandte sich an seine Kollegin. »Machst du das mit dem Lieferschein? Ich bringe die Geräte zum Bus.«

Während er die Motorsäge packte, kam die Frau auf Sara und Leni zu. *Wie er sich wohl verhalten hätte, wenn Daria hiergewesen wäre? Ob er ihr auch so wenig Aufmerksamkeit geschenkt hätte wie mir? Ich bin ja nur eine alleinerziehende Mutter und anscheinend nicht mehr attraktiv genug für die Männerwelt.* Sara konnte sich nicht erklären, wieso es für sie plötzlich so wichtig war, von den Männern wieder als Frau wahrgenommen zu werden. *Bei meinen bisherigen Erfahrungen sollte ich eigentlich Abstand zum sogenannten starken Geschlecht halten. Ein Alkoholiker als Vater meines Kindes. Schwarzmüller, der liebe Herr Lehrer, der seine Schülerinnen verführt und mich um meine Wohnungsablöse betrügt. Ach ja, und dann läuft irgendwo noch der Mörder herum, der meine Nachbarin getötet und dann im Wald abgeladen hat. Natürlich gibt es noch jede Menge Männer, die Geld in den Striplokalen Amstettens in die Höschen der Stripperinnen stecken. Was will ich also noch von den Kerlen?*

»Hier, bitte!« Die Frau hielt Sara den Block entgegen, der zuvor von ihr beschrieben worden war. Ihr Gesicht war ähnlich sonnengebräunt wie das ihres männlichen Kollegen, und die kräftigen Oberarme zeugten von regelmäßiger und schwerer körperlicher Arbeit. Sara warf einen flüchtigen Blick auf den Block. *Zweieinhalb Stunden Arbeitszeit mal zwei Personen. Insgesamt fünf Stunden. Das passt, kostet mich aber eine Stange Geld.* Mehrere hundert Euro würden sie der Kauf und die Aufstellung der Schaukel kosten. *Schwarzmüller bezahlt dafür!* Sara nahm den Kugelschreiber, den ihr die Frau reichte, und zeichnete den Lieferschein ab.

Eine Minute später saß sie alleine mit dem Durchschlag des Papiers neben Leni und erklärte der Kleinen: »Morgen am Abend kannst du schon schaukeln, heute ist es noch zu früh, der Beton muss aushärten, aber morgen, morgen ist es so weit!«

Leni schaute ihre Mutter an, so als verstünde sie jedes einzelne Wort. Bei »aber morgen, morgen ist es so weit!« wippte sie begeistert mit beiden Armen auf und ab, gleichzeitig zeichnete sich ein hoffnungsvolles Lächeln in ihrem Kindergesicht ab. Sie schob wiederholt den Lastwagen hin und her, der daraufhin seine Melodie abspielte. Schon bald schloss Leni mehrmals hintereinander die rechte Hand zur Faust und öffnete sie wieder. Währenddessen schaute sie Sara eindringlich in die Augen. »Milch von der Mama«, deutete diese Lenis Zeichen. »Bekommst du sofort.« Sara richtete sich auf und hob dann Leni zu ihr hoch, sie trug die Kleine zur Gartengarnitur und setzte sich mit ihrer Tochter so in den Schatten der Hausmauer, dass sie von außerhalb ihres eigenen Gartens nicht mehr gesehen werden konnte. Danach schob sie das T-Shirt nach oben, öffnete ihren BH und schon dockten Lenis Lippen an Saras Brust an.

Eine Tür quietschte auf der anderen Seite der Betonmauer.

»Ich bin es nicht gewesen, das musst du mir glauben!«

Dieselbe Männerstimme wie schon einmal.

»Du hast Estera geliebt«, hörte Sara Daria antworten. »Den Menschen, den man liebt, bringt man nicht um.«

Ein Sessel wurde zurechtgerückt.

»Die Polizei verdächtigt mich weiterhin. Mich und meinen Vater! Der Sträusler scheint sie nicht einmal im Entferntesten zu interessieren!«

»Ich glaube dir. Du hast Estera nicht getötet, aber sie ist in jener Nacht bei euch daheim gewesen. Ich kenne deinen Vater nicht, aber vielleicht ist die Idee, dass er Esteras Mörder ist, gar nicht so abwegig.«

»Aber er hat nichts von ihr gewusst!«

»Falls doch?«

»Woher?«

»Egal woher! Kannst du dir vorstellen, dass er sie umgebracht hat, wenn er alles über Estera und dich gewusst hätte? Wäre er dazu fähig?«

Mehrere Sekunden war es still. Nur ein Vogel zwitscherte irgendwo. Der Mann antwortete dann so leise auf Darias Frage, dass Sara das geflüsterte »Ja« fast überhört hätte.

Mehrmals strich Sara mit der flachen Hand sanft über Lenis Kopf, die noch immer eifrig an der Brust saugte.

23

Der Stadtbrauhof war gut besucht. Sämtliche Tische im Freien waren von Gästen besetzt. Die Kastanienbäume spendeten genügend Schatten, sodass um die Mittagszeit eine angenehme Temperatur herrschte. Gernot Hofer nahm Messer und Gabel und schnitt sich ein großes Stück vom Kalbsschnitzel ab, das vor ihm auf dem Teller lag.

Die Wespe, die um seinen Kopf kreiste, ignorierte der Glatzkopf. Stadtrat Hofer hatte beide Ärmel seines hellblauen Hemdes nach oben gekrempelt und zollte so den warmen Temperaturen seinen Tribut. Die Wespe flog nun in Richtung seines Radlers. Rasch legte Hofer das Messer auf dem Teller ab und beförderte einen der Bierdeckel über die Öffnung des Glases. Erst danach schob sich Hofer das panierte Stück Fleisch in den Mund und kaute es genüsslich.

Stefanie Leitner trank von ihrem Apfelsaft-gespritzt. Nachdem sie das Glas wieder abgestellt hatte, schützte auch sie den Inhalt mit Hilfe eines Bierdeckels vor der Wespe. Auf dem Teller der Inspektorin warteten noch drei mit Speck ummantelte Schweinsmedaillons darauf, von ihr verspeist zu werden.

»Nur raus mit der Sprache. Fragen Sie mich, was Sie wissen wollen«, sagte der Stadtrat, nachdem er hinuntergeschluckt hatte.

Leitner gab dem nächsten Schweinsmedaillon noch eine Galgenfrist. »Wie ich es schon angekündigt habe, geht es um Frau Estera Ionescu.«

»Die ermordete Stripperin.«

»Genau.«

»Wie soll ausgerechnet ich Ihnen bei der Klärung des Falls weiterhelfen?«, fragte der Stadtrat.

»Wir wissen, dass Sie Estera gekannt haben.«

»Das streite ich auch nicht ab.«

»Sie sind Kunde im Mostdance.«

»Richtig.«

»Estera hat für Sie gestrippt.«

»Stimmt.«

Hofer schnitt sich das nächste Stück Fleisch ab.

»Ist da noch mehr gewesen? Haben Sie sich vielleicht auch privat mit ihr getroffen?«

Der Stadtrat tunkte das kleine Stück Schnitzel in die Schale mit den Preiselbeeren und steckte es sich danach in den Mund. Er begann zu kauen und schüttelte gleichzeitig seinen Kopf. »Für mich ist Estera einfach eine Stripperin gewesen. Nicht mehr und nicht weniger. Kein Grund, sich auch privat mit ihr zu treffen. Wie hätte das denn ausgesehen?« Hofer lachte künstlich. »Stadtrat verliebt sich in Stripperin! Meine politische Karriere hätte ich vergessen können.«

Leitner nickte verständnisvoll. Ob Österreich einen weiteren ambitionierten Politiker mit Familiennamen Hofer brauchte, bezweifelte sie jedoch. *Unser ehemaliger Präsidentschaftskandidat reicht mir vollkommen.* Hofer trank von seinem Birnenmost.

»Ich frage ja nur«, erklärte Leitner, »weil uns Informationen vorliegen, dass sich Estera auch außerhalb des Clubs mit ihren Kunden getroffen hat.«

»Ich weiß«, bestätigte Hofer. »Die geile Schlampe hat den Männern das Geld aus den Taschen gezogen. Das war schon in Ybbs so. Fragen Sie dort nach, wie viel verbrannte Erde dieses Frauenzimmer hinterlassen hat. Dieselbe Nummer hat sie jetzt in Amstetten abgezogen. Der junge Holzer war ihr doch komplett verfallen. Erst vor ein paar Tagen habe ich Alois Holzer darauf hingewiesen.«

»Sie haben was?«

Stefanie Leitner glaubte, sich verhört zu haben, doch Hofer nickte. »Ich hab den alten Holzer in der Stadt getroffen, da konnte ich einfach nicht anders, ich musste ihn warnen. Ich hab ihm gesagt, dass er auf seinen Sohn aufpassen soll, sonst verspielt der noch seine Baufirma wegen einer Stripperin.« Nochmals trank Hofer von seinem Most. »Heinz Holzer wäre nicht der Erste, den Estera so weit gebracht hätte, dass er bankrott ist. Wie gesagt, ich habe da so meine Quellen aus Ybbs, wo sie zuvor aufgetreten ist. Vergewissern Sie sich doch dort, wenn Sie mir nicht glauben. Sankt Georgens Postenkommandantin kann Ihnen dabei sicher weiterhelfen.«

Stefanie Leitner brauchte einen Schluck von ihrem Apfelsaft. Plötzlich hatte sie das Verlangen, sich auch einen Most oder gar einen Schnaps zu bestellen. Sie unterdrückte das Bedürfnis nach Alkohol jedoch, stattdessen trank sie einen zusätzlichen Schluck vom Saft und fragte danach Hofer: »Wann genau haben Sie Alois Holzer davon erzählt?«

Die Antwort überraschte Leitner nun nicht mehr. Kurz vor Esteras Tod hatte Alois Holzer vom Verhältnis seines Sohnes mit der Stripperin erfahren.

Die Holzers haben mich angelogen.

Ich habe einen neuen Hauptverdächtigen.

24

Leni brüllte mit voller Lautstärke. »Ihre Lungen sind in Ordnung«, hatte der Kinderarzt verlautbart und der aufgebrachten Kleinen den dritten und damit letzten Teil der Sechsfachimpfung gespritzt. Sara bezahlte die Rechnung bei der Arztgehilfin, dabei hielt sie Leni noch immer mit einer Hand seitlich an ihren Oberkörper gedrückt fest. Sie ließ sich den nächsten Termin aufschreiben, verstaute den Zettel achtlos in ihrer Geldbörse, verabschiedete sich mit einem entschuldigenden Achselzucken und verschwand mit Leni so schnell wie möglich aus der Arztpraxis. Das

Brüllen der Kleinen ging nun in ein Schluchzen und danach in ein Jammern über. Erst als Sara auf dem Beifahrersitz ihres Autos saß und Leni an ihrer Brust zu saugen begann, verstummte die Kleine.

Nach fünf Minuten löste Sara die Lippen ihrer Tochter von ihrem Busen. Fragende braune Augen sahen sie an.

»Wir fahren jetzt nach Hause. Dort kannst du in Ruhe schlafen.«

Leni führte die Zeigefinger beider Hände zusammen und formte so das Zeichen für Haus.

»Genau, heim«, bestätigte Sara. Sie stieg aus und schnallte Leni auf dem Kindersitz der Rückbank hinter dem Fahrersitz fest. Leni protestierte sofort dagegen.

»Hier ist der Puuh-Bär!« Sara drückte ihrer Tochter das Stofftier in die Hände, danach gab sie ihr einen Kuss auf die Wange. »Wir sind gleich daheim, es ist gar nicht weit!«

Doch auch während der zehnminütigen Autofahrt von Amstetten nach Sankt Georgen weinte Leni. Die Erinnerung an den Arztbesuch und die Impfung war noch zu stark. Sara versuchte, sie abzulenken, indem sie Kinderlieder sang. Das half aber nicht, daher schaltete sie Lenis Lieblings-CD ein, aber auch die konnte nicht für die nötige Erheiterung sorgen.

Als sich Sara auf dem ihr zugeordneten Parkplatz vor ihrer Wohnung schon ziemlich genervt einparkte, traute sie ihren Augen nicht: Schwarzmüller wartete vor ihrer Haustür, durch seine Brille durchbohrte er sie förmlich mit seinen Augen. Sofort erkannte sie, wie aufgebracht ihr Nachmieter war. Der Lehrer lief auf sie zu und stand schon neben ihrer Fahrertür, als Sara sie öffnete.

»Ich will sofort mein Geld zurück!« Schwarzmüller ließ ihr gerade genügend Platz, um auszusteigen. Der herbe

Geruch seines Parfums wurde von Schweiß überlagert und rief bei ihr einen Brechreiz hervor.

»Lassen Sie mich vorbei, ich muss zu meiner Tochter.«

»Geben Sie mir meine fünftausend Euro!«

»Ich muss zu meiner Tochter!«

Der Mann stemmte seine rechte Hand gegen die hintere Autotür. »Zuerst bekomme ich mein Geld!«

Leni schrie wie am Spieß.

»Sie sind wahnsinnig! Lassen Sie mich sofort vorbei!«

»Oder was? Wollen Sie die Polizei rufen?« Er lachte höhnisch. »Sie sind bei mir eingebrochen! Vergessen Sie das nicht!«

»Sie vergehen sich an Ihren Schülerinnen!«

Schwarzmüller zuckte zusammen, er hielt jedoch noch immer die hintere Autotür zu. Lenis Geschrei wurde immer lauter.

»Lassen Sie sofort die Mutter zu ihrem Kind.« Daria war wie aus dem Nichts aufgetaucht. Die Stripperin stand jetzt neben Sara und sah Schwarzmüller auffordernd an.

»Oder was?«, fragte Schwarzmüller.

Ansatzlos schlug ihm Daria mit der Faust ihrer rechten Hand in die Lendengegend. Schwarzmüller schrie auf, presste beide Hände auf seine Genitalien, ging in die Hocke und krümmte sich zusammen. Daria riss die Autotür auf. »Alles in Ordnung, Mama holt dich schon heraus!« Die Bulgarin strich Leni zweimal beruhigend über den Kopf, dann machte sie für Sara Platz, die den Gurt löste und die vollkommen aufgelöste Leni aus dem Kindersitz hievte. »Mama! Mama!«, rief die Kleine und vergrub ihr Gesicht in Saras Schulter.

»Du lässt dich hier nie mehr blicken! Verstanden?«, fauchte Daria Schwarzmüller an. Der richtete sich jetzt unter sichtlichen Schmerzen auf. Sein Gesicht war weiß, mit hasserfüllten Augen schaute er Daria und dann Sara entgegen.

»Du bist eine tote Frau!« Schwarzmüllers Zeigefinger zeigte auf Sara. Er führte seinen Finger quer entlang seines Halses, dann drehte er sich um und humpelte davon. Daria begleitete die geschockte Sara mit Leni in ihre eigene Wohnung.

»Ich mache uns erst einmal einen Kamillentee, den kannst du jetzt gebrauchen«, sagte Daria.

»Danke!« Sara saß auf der Sitzgarnitur in Darias Wohnküche. Leni nuckelte bereits an ihrem Busen.

»Das war er also, dein Nachmieter«, stellte Daria fest.

»Ja, und ich blöde Kuh hab ihm auf die Nase gebunden, dass ich weiß, was er mit den Schülerinnen anstellt.«

»Er ist gefährlich.«

»Was soll ich tun?«

»Er wird dich nicht in Ruhe lassen, er muss dich aus dem Weg räumen.«

Daria stellte die Tasse mit dem Tee neben Sara ab. »Lass den Teebeutel noch etwas im Wasser.«

Lenis Augen waren geschlossen. Vorsichtig löste Sara die Lippen der Kleinen von ihrer Brustwarze.

»Ich bin nirgends mehr sicher. Ihm traue ich alles zu. Auch einen Mord«, stellte Sara fest.

»Du musst ihm zuvorkommen.«

Sara dachte an die Waffe ihres Vaters. *Ich muss wirklich schneller sein als er. Für Schwarzmüller geht es um alles! Wieso nur ist mir rausgerutscht, dass ich von seiner perversen Veranlagung weiß? Ich bin so eine blöde Kuh, hab mich dazu provozieren lassen!*

Ich sollte zur Polizei gehen.

Dann wird er mir Einbruch und Diebstahl vorwerfen.

Ich muss ihm zuvorkommen.

Aber was mach ich mit Leni?

Daria.

»Würdest du auf Leni aufpassen?«, fragte Sara die Bulgarin.

Daria nickte und streichelte der Kleinen über ihren Kopf. Die wirkte nun vollkommen ruhig und war schon fast im Tiefschlaf. »Mach dir keine Sorgen, bei mir ist Leni in guten Händen«, flüsterte Daria.

»Wenn alles gutgeht, bin ich in einer halben Stunde wieder da.«

»Nimm mein Auto.«

Daria reichte ihr die Schlüssel und hielt Saras Hand eine Sekunde lang fest. »Pass auf dich auf! Und zögere nicht!«

»Danke! Das vergesse ich dir nie!«

Sara verließ Darias Wohnung, ohne auch nur einen Schluck vom Kamillentee getrunken zu haben.

25

Mathilda Holzer war auf der Hut. Die Anspannung war ihr förmlich ins schmale Gesicht geschrieben. Sie wirkte noch dünner als bei ihrer ersten Begegnung.

Kein Wunder, dachte Stefanie Leitner. *Hausdurchsuchung und der eigene Sohn im dringenden Verdacht, ein Mörder zu sein. Alleine deswegen wäre auch mir nicht nach essen zumute.*

Und sie deckt ihren Mann. Sie wird alles tun, um ihn nicht zu verraten.

»Ihr Sohn Heinz ist wieder auf freiem Fuß«, stellte Leitner fest.

»Ja, Gott sei Dank!«

Ihren Sohn im Gefängnis zu wissen, für eine Tat, die ihr Mann begangen hat, hätte ihr schwer zugesetzt. Wahrscheinlich hätte sie ihren Mann früher oder später ans Messer geliefert.

»Die Beweise reichen nicht für eine Anklage«, erklärte Leitner der Mutter des Verdächtigen. »Vorläufig ist er aus dem Schneider. Außer es tauchen neue Beweise auf.«

Mathilda Holzer wischte sich mit einer Hand die weißen Haare aus dem Gesicht. »Mein Junge hat nichts Unrechtes getan. Heinz hat sich nur mit der falschen Frau eingelassen. Das ist auch schon anderen vor ihm passiert.«

Stefanie Leitner füllte ein leeres Glas mit Wasser aus der Karaffe und schob es Mathilda Holzer über den Tisch zu. Die beiden befanden sich im umfunktionierten Pausenraum der Polizeidienststelle Sankt Georgen. Tee oder Kaffee hatte sie zuvor schon abgelehnt. Jetzt nahm Holzer aber doch einen Schluck vom Wasser und stellte das Glas danach mit zittriger Hand auf die Tischplatte, sodass es laut schepperte.

»Frau Holzer, Sie waren von Anfang an offen und ehrlich zu mir«, sagte Leitner. »Das rechne ich Ihnen hoch an.« Leitner verfolgte mit ihren Augen, wie die Frau nochmals nach dem Wasserglas griff und einen weiteren Schluck trank. Auch diesmal klirrte es, als sie das Glas abstellte. »Eine Sache glaube ich Ihnen aber nicht«, fuhr die Inspektorin fort.

»Und das wäre?« Mathilda Holzers Stimme klang heiser, ein leichtes Vibrieren der Stimmbänder hörte Leitner heraus.

»Dass Sie und Ihr Mann nicht schon länger gewusst haben, mit wem sich Ihr Sohn da zum nächtlichen Stelldichein in Ihrem Haus trifft.«

»Heinz hat uns nicht gesagt, wen er sieht und mit zu sich nach oben nimmt. Er ist erwachsen und ist uns keinerlei Rechenschaft schuldig.«

»Und doch haben Sie von Estera gewusst.«

Leitner erkannte, wie die ältere Dame mit sich selbst einen inneren Kampf ausfocht. *Gleich habe ich sie so weit.*

Die Holzer presste die Lippen aufeinander. Eine Träne löste sich und rann über die zerfurchte Wange.

»Hätte doch dieser Hofer nur seinen Mund gehalten.« Mathilda Holzers Stimme war leise. »Der Stadtrat hat Alois darauf hingewiesen.«

Stefanie Leitner nickte. »Stadtrat Hofer hat Ihren Mann über Heinz und Estera informiert.«

»Ja, und er hat Alois auch erzählt, dass diese Rumänin schon andere Männer ruiniert hat und wir daher unbedingt etwas unternehmen müssen. Heinz sei ihr regelrecht verfallen.«

»Darüber haben Sie aber nicht mit Ihrem Sohn geredet.«

»Nein, auch Hofer hat gemeint, das hätte keinen Sinn.«

»Was genau ist in jener Nacht passiert? Hat Ihr Sohn Estera zur Tür hinausgelassen und ist dann wieder über die Treppen nach oben in seine Wohnung? Ist das noch korrekt, oder haben Sie mir auch da einen Bären aufgebunden?«

Die Holzer schluckte. »Sonst hat alles gestimmt, was ich gesagt habe.«

Leitner sagte nichts dazu, sondern blickte ihr nur eindringlich in die Augen.

»Heinz hat die Stripperin hinausgelassen und ist dann wieder nach oben«, bestätigte Mathilda Holzer nach einigen Sekunden.

»Und Ihr Mann ist Estera dann gefolgt.«

»Nein.« Mathilda Holzer konnte Leitner nicht mehr in die Augen schauen, stattdessen fixierte sie das Wasserglas. »Ja«, sagte sie schließlich. »Alois hat diese Estera zur Rede gestellt, ihr gesagt, sie soll Heinz und uns in Ruhe lassen, aber er hat sie doch nicht ermordet!«

26

Sara setzte den Blinker und bog von der Bundesstraße links ab. Trotz der Hinweisschilder »Achtung Kinder« raste sie durch das Örtchen Galtbrunn, das bereits zur Gemeinde Sankt Georgen zählte. Sie durchquerte mit einem Höllentempo die Eisenbahnunterführung, beim Übergang des Anstiegs nach der Unterführung ins flache Gelände hob es ihr den Magen aus. Mehrmals schluckte sie die Magensäure hinunter, um sich nicht zu übergeben. Wieder tauchten die Bilder von Schwarzmüller vor ihr auf. Nur wenige Minuten zuvor war Sara in seiner Wohnung gestanden, mit dem Vorsatz ihn zu töten. Ihm zuvor zu kommen.

Schwarzmüller ist tot!

Sara drohte von ihm keine Gefahr mehr. Möglichst schnell wollte sie nun zu ihrer Tochter. Sie wollte Leni in ihre Arme nehmen, sie an sich drücken, über ihre Haare streichen, sie kitzeln, sie zum Lachen bringen.

Lenis Geruch einatmen.

Den Gestank von Schwarzmüllers Blut aus der Nase bekommen.

Sara drückte das Gaspedal ein weiteres Mal durch. Obwohl sie wusste, dass die Polizisten häufig gleich neben dem Kreisverkehr nach der Ortseinfahrt ihr Auto parkten und ankommende Autofahrer mit der Radarpistole anvisierten, fuhr sie mit an die hundert Stundenkilometer an der Ortstafel vorbei. Erst beim Feuerwehrhaus betätigte sie die Bremse. Sara lenkte Darias Wagen durch den Kreisverkehr, sie nahm die zweite Ausfahrt und beschleunigte die Anhöhe hinauf. Nirgends hatte sie ein Polizeiauto gesehen, sollte sie von einem stationären Radar geblitzt worden sein, würde Daria die Organstrafverfügung zugeschickt bekommen. Sara parkte sich ein und schalt sich gleichzeitig für ihre Dummheit: *Wenn man mich geblitzt hat und ich auf einem der Fotos zu erkennen bin, dann war der Fahrzeugtausch mit Daria umsonst.*

Verdammt!

Sara schlug mit der flachen Hand auf das Lenkrad.

Egal! Jetzt kann ich nichts mehr daran ändern.

Sie packte ihre Handtasche, stieg aus und lief zur Wohnungstür ihrer Nachbarin. Schon von draußen hörte sie Lenis Geschrei. Sara beschleunigte ihre Schritte und riss die unversperrte Tür auf. Eine dumpfe Männerstimme drang an ihre Ohren.

Was ist da los?

Ohne sich wie sonst die Schuhe auszuziehen nahm sie die Stufen nach unten.

»Lass meinen Sohn in Ruhe!«, rief der Mann. Dabei übertönte er Lenis Gebrüll.

»Ich will doch gar nichts von ihm!« Darias Stimme klang schrill. Deutlich hörte Sara ihre Angst heraus, sie reduzierte ihr Tempo und stieg die verbleibenden Stufen so leise wie möglich hinab.

»Du lügst doch! Wie diese Rumänin bist auch du hinter seinem Geld her!«

»Aber das stimmt doch nicht!«

»Lüg mich nicht an!«

Sara befand sich auf der letzten Stufe, die Wand verdeckte ihren Körper, vorsichtig schaute sie um die Ecke. Daria stand mit Leni in ihren Armen vor der verglasten Terrassentür. Sie schützte Lenis Kopf mit einer Hand, die Kleine wimmerte nur noch.

»Ich will doch gar nichts von Heinz!«, beteuerte die Bulgarin.

Der Mann, den Sara schon oft im Einkaufsladen Sankt Georgens gesehen hatte, hob sein Gewehr und visierte Daria und damit automatisch auch Leni mit dem Lauf an.

Schnell zog Sara den Reißverschluss ihrer Handtasche auf, sie fühlte den Griff der Pistole und nahm sie heraus. Gleichzeitig trat sie zwei Schritte nach vorne und drehte sich nach rechts.

Ihre Stimme vibrierte vor Aufregung, als sie »Runter mit der Waffe!« rief.

Im Gesicht des Mannes las Sara zuerst Verwunderung, dann Zorn und Hass. Der Lauf seines Gewehres schwenkte in ihre Richtung.

Sara drückte ab. Ein zweiter viel lauterer Knall folgte, als auch der Mann sein Gewehr abfeuerte. Sara drückte nochmals ab. Dann wartete sie darauf, dass der Schmerz einsetzte, darauf, dass ihr schwarz vor Augen werden würde. Doch nur ihre Beine begannen zu zittern.

Der Mann ließ das Gewehr fallen, mit einem lauten Scheppern landete es auf dem Parkettboden. Er presste beide Hände gegen seine Brust, kippte zur Seite und schlug hart mit dem Kopf auf dem Boden auf.

27

»Was machen Sie denn noch in Sankt Georgen?« Stefanie Leitner schaltete den Lautsprecher ihres Smartphones aus und hielt sich das Gerät an ihr rechtes Ohr. Gleichzeitig wendete sie Daria ihren Rücken zu. »Nochmals die Aussagen der beiden Frauen auf Plausibilität prüfen«, erklärte sie Direktor Böck. Die Inspektorin stand auf und ging zur verglasten Terrassentür.

»Aber es ist doch alles klar. Dieser Alois Holzer ist unser Mörder und er ist jetzt in Notwehr erschossen worden. Fall gelöst!«, verlautbarte Böck.

Ja, so einfach kann man es sehen, aber ist es tatsächlich so gewesen? Ich bin mir da nicht so sicher wie der liebe Herr Direktor. Leitner wischte sich den Schweiß von der Stirn. Es war heiß im Wohnzimmer. Die Terrassentür war geschlossen, um zu verhindern, dass unbemerkt jemand die Vernehmung Darias belauschen konnte. Die Jalousien blieben jedoch hochgezogen, sodass die späte Abendsonne den Raum aufheizte.

»Alles sieht danach aus«, bestätigte Leitner dem Direktor, »aber …«

»Nichts aber!«, unterbrach sie Böck. »Ich brauche Sie so rasch wie möglich in Amstetten. Ein Lehrer ist in seiner Wohnung erschossen worden.«

»Ich weiß«, antwortete Stefanie Leitner. »Die Kriminaltechniker sind schon auf dem Weg.«

»Sie übernehmen diesen Fall. Der hat jetzt Priorität!«

Durch die Glasscheiben sah Leitner die Rosensträucher im Garten. Einer davon blühte in blutroter Farbe.

»Ich schließe nur noch die Vernehmung ab und fahre dann direkt nach Amstetten«, bestätigte sie.

»Beeilen Sie sich«, blaffte Böck. »Ich schicke auch noch Huber nach Amstetten. Machen Sie sich beide ein Bild und berichten Sie mir laufend.« Böck legte auf. Stefanie Leitner blieb noch einen Augenblick stehen und beobachtete fasziniert, wie der Storch, der in seinem Nest am Rauchfang gesessen hatte, seine Flügel ausbreitete und in Richtung der Getreidefelder davonflog. Mit einem Seufzer auf den Lippen drehte sie sich um. Noch immer saß Daria Ivanova auf ihrer Couch. Neugierig sah sie ihr entgegen.

»Noch einmal von vorne«, forderte Leitner sie auf. Die Leiche Alois Holzers war zwar bereits abtransportiert worden, den Geruch des Todes hatte sie aber trotzdem noch in der Nase, als sie sich wieder zu Daria setzte. Die Bulgarin trank von ihrem Kamillentee. Leitners Blick war auf das Einschussloch in der Wand gleich neben dem Gemälde gerichtet, das einen Baum mit grünen Blättern zeigte und so wirkte, als wäre es von einem wahren Meister auf die Leinwand gepinselt worden.

Sara Buchner hat unglaubliches Glück gehabt. Sie könnte anstelle Holzers in der Gerichtsmedizin liegen …

»Sara hat mir das Leben gerettet«, stellte Daria fest. Stefanie Leitner fiel auf, dass sie dabei exakt dieselben Worte verwendete wie bei ihrer ersten Befragung, die sie gleich nach ihrem Eintreffen am Tatort durchgeführt hatte. Auch als sie die weiteren Ereignisse schilderte, verwendete Daria dieselben Phrasen wie zuvor und auch meist die gleichen Formulierungen, die sie schon von Sara Buchner vernommen hatte.

Die beiden Frauen haben sich abgestimmt, bevor sie die Polizei verständigt haben. Wer kann es Ihnen verübeln? Es soll ja schon vorgekommen sein, dass man zur Verantwortung gezogen wird, obwohl man nur sein eigenes Leben oder das einer Freundin geschützt hat, nur weil das Gericht Ungereimtheiten in den Aussagen festgestellt hat.

Wieder schaute Leitner auf das Einschussloch. Die Kugel war genau einen Meter und achtundvierzig Zentimeter über dem Boden in der Wand hinter dem Treppenaufgang eingeschlagen. Der Putz war abgebröckelt, Reste davon lagen noch auf dem Parkettboden.

Holzer hat geschossen, das steht eindeutig fest. Die Mutter des kleinen Mädchens hat der Stripperin tatsächlich das Leben gerettet und dabei ihr eigenes aufs Spiel gesetzt. Böck hat wahrscheinlich recht, ich sollte möglichst schnell zum neuen Tatort.

»Ich bin gerade erst heimgekommen. Alois Holzer hat mit dem Gewehr in der Hand auf mich gewartet. Er hat mich bedroht, ich musste ihn in die Wohnung lassen. Hier hat er mich dann angeschrien. Ich solle seinen Sohn in Ruhe lassen. Ich würde ihm wie Estera das Geld aus der Tasche ziehen. Ich hatte Todesangst.« Vollkommen ruhig sprach Daria die Worte aus. Sie trank wieder von ihrem Kamillentee.

Ihr Blick ist klar und offen. Keinerlei Zittern ihrer Finger. Auch kein Vibrieren in der Stimme. Der erste Schock ist überwunden. Daria Ivanova ist abgebrüht, sie hat sicher schon einiges gesehen und mitgemacht in ihrem Leben. Einen Psychodoktor, um das Geschehen zu verarbeiten, braucht sie nicht.

»Ich habe abgestritten, dass ich Geld von Heinz nehme«, fuhr Daria fort. »Er ist dann immer lauter geworden, hat mich eine Lügnerin geschimpft und mich mit dem Gewehr bedroht.« Daria machte eine Pause. »Gott sei Dank ist Sara dann aufgetaucht. Sie hat mich gerettet!«, wiederholte sie. Daria zeigte mit dem Zeigefinger hinter sich. »Ich bin dort bei der Terrassentür gestanden, wo Sie zuvor telefoniert haben. Holzer in der Mitte des Raumes, Sara hat ihn angesprochen, er hat sich umgedreht und sofort geschossen, dann hat auch Sara zweimal abgedrückt.«

Stefanie Leitner stand auf. »Ich muss jetzt gehen. Sind Sie sicher, dass Sie keine psychologische Betreuung benötigen?«, fragte sie der Form halber.

»Nein, die brauche ich nicht.« Auch Daria stellte sich auf beide Beine und überragte dadurch die Inspektorin. »Was wird jetzt aus Sara? Ihr geschieht doch nichts?«

»Kann ich noch nicht sagen. Ich will dem Staatsanwalt nicht vorgreifen. Ich rede nochmals mit ihr.«

Daria stieg vor der Inspektorin die Stufen nach oben. »Sara hat mich gerettet. Sara ist eine Heldin!« Stefanie Leitner folgte ihr. Oben angekommen, öffnete ihr Daria die Haustür. »Sara hat nichts Unrechtes getan«, beteuerte die Bulgarin nochmals zum Abschied. »Ihr darf nichts geschehen!«

Wenn es nach Direktor Böck ginge, müsste ich mir die nochmalige Befragung Sara Buchners sparen und den Fall gleich abschließen.

»Wir werden sehen«, sagte sie zum Abschied und schritt in Richtung Sara Buchners Wohnung.

28

»Ein Wo-olf kam i-in die Küche und stahl dem Koch ein Ei!«

Die singende Sara setzte die protestierende Leni auf den Wickeltisch. Sie stützte ihre Tochter mit den Händen, während sie Leni sanft, aber bestimmt mit dem Rücken auf die gepolsterte Plastikunterlage umlegte. Die Kleine zeigte mit ihren Fingern auf den Wolf, der gleich neben ihr auf dem

Poster an der Wand gemeinsam mit vielen anderen Waldtieren abgebildet war. Sara sang weiter: »Da na-ahm der Ko-och das Messer und schlug den Wolf entzwei!«

Zuerst zog Sara ihrer Tochter die weiß-rosa gestreiften Socken aus, danach die dunkelblaue Hose mit dem bunten Blumenaufdruck am rechten Hosenbein. Sara sang das Lied weiter: »Da ka-amen vi-iele Wölfe und gruben ihm ein Grab, und darauf sta-and geschrieben, was geschehen war!« Leni streckte ihrer Mutter ihre beiden nackten Füße entgegen, die Arme des Mädchens wippten energisch auf und ab. Kurz dachte Sara an die Inspektionskommandantin, die in der Wohnküche darauf wartete, dass Sara mit Leni zurückkehrte, und sicher jedes Geräusch, das sie verursachten, mithörte.

Unwichtig, ich muss Leni bei Laune halten. Egal wie. Hoffentlich verschwindet Umetzberger bald. Ich muss die Fotos aus der Wickeltasche nehmen und sie in der Wohnung vor neugierigen Nasen wie der Inspektionskommandantin verstecken. Außerdem ist schon bald Schlafenszeit für Leni.

»Ich mache ja gleich mit deinen Füßen Musik«, erklärte Sara Leni, »vorher müssen wir aber noch die Windel wechseln.«

Sara zog ein Feuchttuch aus der Verpackung, danach riss sie die Pampers-Pants seitlich entlang der Sollbruchstelle auf. Wenige Minuten zuvor war Lenis Gesicht rot angelaufen, so stark hatte sie pressen müssen, um das verdaute Essen in die Windel zu befördern. Deutlich konnte man seither riechen, dass die Bemühungen der Kleinen von Erfolg gekrönt gewesen waren.

»Viel zu trocken, du musst mehr trinken und öfter Früchte essen«, sagte Sara. Sie schlug die Pampers zusammen und beförderte sie in den Windelschlucker. Danach wischte sie Leni mit dem Feuchttuch ab und schmierte sie mit der Olivenölcreme ein. Nochmals hob Leni ihre Füße energisch an.

»Gleich mach ich Musik! Vorher ziehen wir aber noch Windel und Hose an.«

Sara fischte eine neue Windel aus der Plastikverpackung. Mittlerweile stand Leni schon meist beim Wechseln der Windel und hielt sich an Saras Schulter fest. Dafür war die Pants-Ausführung auch gemacht. Da Leni aber bereits auf dem Rücken lag, entschied sich Sara, einfachheitshalber diesmal die Windel wieder im Liegen anzuziehen. Sie nahm ein Bein nach dem anderen und steckte es durch die dafür vorgesehene Öffnung der Pampers-Pants. Dann hob sie den Po Lenis an, sodass sie die Windel über den unteren Rücken und Bauch hochziehen konnte. Mit der blauen Hose ging sie ähnlich vor.

Leni wurde dabei immer ungeduldiger. Rasch schnappte sich Sara die Füße der Kleinen, sie beugte sich nach vorne, hatte jetzt die Fußflächen vor ihren Lippen und blies kräftig Luft auf sie. Leni grunzte vor Vergnügen. Sara begann jetzt das Lied nachzupfeifen, das sie zuvor gesungen hatte. Im Takt dazu öffnete und schloss sie Lenis Füße. Die Kleine lachte. Ihre braunen Augen glänzten vor Freude, doch dann ertönte die Klingel und das Strahlen verschwand abrupt aus Lenis Gesicht.

»Schauen wir, wer das ist.«

Leni wirkte verunsichert. »Keine Angst«, versuchte Sara sie zu beruhigen. Mit einer Hand hielt sie Leni seitlich an ihrer Hüfte fixiert fest und ging zur Eingangstür.

Inspektorin Leitner wollte nochmals mit ihr reden.

Die hat mir gerade noch gefehlt.

Leni beäugte Leitner misstrauisch.

»Kommen Sie herein«, sagte Sara. »Frau Umetzberger ist unten, wir haben gerade Windel gewechselt«, erklärte sie.

Immerhin ist sie nicht gleich mit Handschellen angerückt.

Ich habe nichts Unrechtes getan!

Stimmt nicht, korrigierte sich Sara. *Nichts Unrechtes, wovon die Inspektorin wissen könnte. Was, wenn sie mir auf die Spur gekommen ist? Dann wäre sie bestimmt nicht alleine hier aufgetaucht.*

Sara registrierte, wie die Inspektorin aus ihren schwarzen Schuhen schlüpfte. Nachdem sie sie fein säuberlich neben Saras Sportschuhen abgestellt hatte, führte Sara die Inspektorin über die Stiegen nach unten.

»Keine besonderen Vorkommnisse«, berichtete Umetzberger ungefragt. Die Inspektionsleiterin stand pflichtbewusst auf und machte Leitner Platz. »Leni hat zuerst gespielt, dann hat Frau Buchner sie gestillt und jetzt die Windel gewechselt.«

Neben Schlafen sind das die drei Hauptbeschäftigungen meines Lieblings.

Sara setzte Leni auf das Schaffell, das vor der offenen Terrassentür lag, und drückte ihr das Buch von den Waldtieren in die Hände, dessen Cover ein Eichhörnchen mit einer Haselnuss zierte.

»Was wird jetzt aus mir?«, fragte Sara die Inspektorin. »Ich habe jemanden getötet, komme ich jetzt ins Gefängnis? Was wird dann aus Leni?«

Es war Notwehr – dafür gehe ich sicher nicht hinter Gitter!

Inspektorin Leitner räusperte sich. »Wenn alles so gewesen ist, wie Sie und Frau Ivanova es geschildert haben, dann nicht«, erwiderte sie.

Wenn alles so war, hat sie gesagt.

Hat die Inspektorin etwa Zweifel?

»Es ist so gewesen, wie wir gesagt haben«, beharrte Sara.

»Erzählen Sie mir bitte noch einmal, was genau passiert ist.«

Sie glaubt mir nicht!

Sara seufzte.

»Ist das denn wirklich notwendig?«, mischte sich Umetzberger in das Gespräch ein. »Frau Buchner ist eine Heldin! Sie hat heute schon viel zu viel mitgemacht. Wir sollten ihr Zeit geben, sodass sie sich um ihre Tochter kümmern kann! Hier ist ihre Waffenbesitzkarte.« Umetzberger griff nach dem Dokument, das am Tisch gelegen hatte, und reichte es Stefanie Leitner, die sofort zu lesen begann.

Zu Saras Füßen meldete sich jetzt Leni und forderte die Aufmerksamkeit ihrer Mutter vehement ein. »Mama, Mama, Mama«, rief sie und deutete mit ihrem Zeigefinger auf das Foto des Spechts, der auf einen Baumstamm mit seinem Schnabel einhämmerte.

»Trotzdem«, hörte Sara Leitner sagen, »muss ich darauf bestehen.«

Leni wurde ungeduldiger. »Mama! Mama!«, rief sie lauter.

»Einen Moment bitte!« Sara ging in die Hocke und setzte sich neben Leni auf das Schaffell. »Kommt ein Vogel geflogen«, begann sie zu singen, »setzt sich nieder auf mein' Fuß, hat 'nen Zettel im Schnabel, von der Mutter 'nen Gruß.« Zufrieden blätterte Leni weiter. Sara stützte sich auf ihren Oberschenkeln ab und richtete sich wieder auf.

»So, was wollen Sie wissen?«

Leitner setzte zu einer Frage an, doch da läutete ihr Smartphone. »Entschuldigung, da muss ich rangehen.« Die Inspektorin drehte sich von den beiden Frauen weg und machte zwei Schritte in Richtung Stiege. »Bei Frau Buchner«, sagte sie leise ins Telefon. Dann hörte sie ihrem Gesprächspartner zu. Sara verstand nur, was Leitner sagte.

»Nein, alles scheint stimmig. Sie hat eine Waffenbesitzkarte.«

Pause.

»Ich wollte sie nochmals befragen.«

Pause.

»Okay, ich fahre sofort los.«

Leitner beendete das Gespräch und steckte ihr Smartphone in die Hosentasche. »Ich muss zu einem neuen Fall in Amstetten«, erklärte sie Umetzberger. Dann wandte sie sich Sara zu. »Sie haben in Notwehr gehandelt. Ihre Waffe bleibt vorerst für nähere Untersuchungen in Verwahrung. Hier noch einige Kontaktstellen zur psychologischen Betreuung, die Sie unbedingt in Anspruch nehmen sollten.«

»Danke!« Sara nahm die Visitenkarten entgegen.

»Ich finde selber raus.«

Sara verfolgte, wie Leitner die Treppen hinaufstieg und aus ihrem Blickfeld verschwand. Erleichtert atmete sie aus. *Es wird keine Anklage erhoben. Was aber, wenn sie irgendwelche Beweise bei Schwarzmüller finden, die auf mich hindeuten?*

Werden sie nicht!

Jetzt muss ich nur noch diese Umetzberger loswerden, die hätte doch gleich mit Inspektorin Leitner verschwinden können!

Die Inspektionskommandantin Sankt Georgens schien nicht daran zu denken, Stefanie Leitner zu folgen. Stattdessen ging die Frau neben Leni in die Hocke und fragte die Kleine: »Was schaust du denn da Schönes an?«

Leni begann zu weinen. »Sie ist gegenüber Fremden noch sehr schüchtern«, erklärte Sara. Schnell hob sie Leni vom Fußboden hoch und drückte den Kopf der Kleinen gegen ihre eigene Brust. »Bald ist Schlafenszeit. Am besten gehen Sie jetzt«, nutzte Sara die Gelegenheit, um auch Umetzberger loszuwerden.

»Tut, tut mir leid«, stotterte die Polizistin. »Ich wollte Leni nicht aufregen. Vielleicht gehen Sie doch mit ihr zu einem Psychologen.«

»Sie ist nur vorsichtig gegenüber Fremden! Das ist nichts Ungewöhnliches und hat nichts mit heute zu tun.«

»Trotzdem.«

Eine Unverschämtheit! Sich ungefragt so einzumischen. Ich erziehe mein Kind, wie ich es will!

Sara antwortete nicht mehr, sondern stieg mit Leni im Arm die Stufen nach oben und zwang Umetzberger damit, ihr zu folgen. Die Inspektionsleiterin reichte ihr zum Abschied die Hand. »Sie sind eine Heldin! Vergessen Sie das nicht!«

Bin ich das? Eine Heldin? Hätte Holzer Daria tatsächlich getötet, wenn ich nicht dazwischen gegangen wäre? Kurz kamen Sara Zweifel. *Leni ist in Gefahr gewesen! Ich hatte überhaupt keine andere Wahl, als zu schießen!*

Sara schloss die Tür hinter Umetzberger. Erst jetzt merkte sie, wie viel Kraft sie die letzten Stunden gekostet hatten. Sofort sank sie auf den Fußboden, noch immer hielt sie Leni im Arm, saß auf den kalten Fliesen und tätschelte den Hinterkopf ihrer Tochter. Tränen rannen ihr über die Wangen.

»Alles ist gut«, flüsterte sie. »Dir ist nichts passiert, du bist bei mir.«

29

Stefanie Leitner passierte mit ihrem Dienstwagen die Ortseinfahrt Amstettens, rechts tauchte schon bald die

Zufahrt zum Krankenhaus auf. *Kein zusätzlicher Stress bei den Notärzten. Die Mörder haben ganze Arbeit geleistet. Zwei Schüsse hat Sara Buchner abgegeben. Alois Holzer hatte keine Chance. Aber er hat es sich selbst zuzuschreiben. Wenn man jemanden mit einem geladenen Gewehr bedroht und dann auch noch abdrückt, darf man sich nicht wundern, wenn sich derjenige wehrt. Sara Buchner hat in Notwehr gehandelt. Umetzberger und Ivanova haben schon recht, Sara Buchner ist in Wahrheit eine Heldin. Sie hat Daria das Leben gerettet.*

Leitner schaltete den Lautsprecher des Navigationssystems ein und folgte den Anweisungen der weiblichen Stimme. Das Schaufenster neben der Straße lenkte sie kurz ab. *Schon wieder ein Stripclub. Umetzberger kann man auch in der Hinsicht nicht widersprechen. In Amstetten gibt es eine geradezu unglaublich hohe Dichte an Clubs, in denen sich Frauen für Männer ausziehen. Und eventuell noch einiges mehr mit ihren Kunden anstellen.*

»Sie haben Ihr Ziel erreicht.«

Neben der Häuserreihe parkten mehrere Einsatzfahrzeuge, auch der Bus der Kriminaltechniker befand sich darunter. Für Leitners Wagen war kein Platz frei. Nur wenige Meter entfernt sah sie den Eingang zum Bahnhofsgebäude samt einem Hinweisschild für eine Parkgarage, das nach links zeigte. Die Inspektorin beschloss, nicht die viel befahrene Straße in zweiter Spur zu blockieren, sondern ihr Auto in der Garage abzustellen. *Soll Böck doch noch ein drittes Mal anrufen und fragen, wo ich bleibe. Auf die paar Minuten kommt es auch nicht mehr an. Der Lehrer ist tot, sein Mörder verschwunden.*

Erst in der dritten Etage fand sie einen freien Platz. Leitner nahm den Aufzug nach unten, schritt zum Bahnhof und bog dann nach rechts ab. Die Inspektorin marschierte die Bahnhofsstraße weiter, als sich eine Lücke im Straßenverkehr auftat, überquerte sie die Fahrbahn und öffnete dann die Eingangstür des Gebäudes, vor dem die Einsatzfahrzeuge parkten. Der Schließmechanismus war außer Kraft gesetzt, sodass die Tür nicht mehr ins Schloss fiel. Im Erdgeschoß war es ruhig, aber von oben hörte sie mehrere unterschiedliche Stimmen. Sie folgte den Geräuschen.

»Reitbauer, Sie müssen Inspektorin Leitner sein!«, begrüßte sie ein junger Polizist am Eingang der Wohnung des Opfers. Er leitete die Polizeiinspektion in Amstetten und schüttelte Leitner die Hand. »Ihre Kolleginnen sind schon da«, erklärte Reitbauer und führte Leitner in die Wohnung. »Das Opfer ist ein gewisser Schwarzmüller, seines Zeichens Lehrer an unserer Berufsschule für Friseurinnen, hier wohnhaft, seit kurzem geschieden, eine Tochter im Teenageralter. Bisher nicht auffällig, ich habe ihn nicht gekannt«, erklärte der Inspektionsleiter.

Stefanie Leitner roch bereits zum zweiten Mal an diesem Tag den Geruch von frisch geronnenem Blut. Vom Flur kamen sie ins Wohnzimmer. Auf dem Boden lag die Leiche des Mannes mitten in einer großen Blutlacke. Doktor Heiß streckte ihre Beine durch. »Schön langsam könnte ich mir hier in der Gegend ein Ferienhaus kaufen, sooft wie ich hier zu tun habe.«

»Todesursache?«, fragte Leitner.

»Ein Schuss in die Stirn war fatal. Zuvor wurden zwei Schüsse auf die Lendengegend abgefeuert. Daher auch die Schweinerei.« Heiß zeigte auf die Blutlacke.

»Da hat jemand einen Hass auf den Toten gehabt«, stellte Leitner fest.

»Diesen Jemand scheint das Opfer selbst in die Wohnung gelassen zu haben.« Elfriede Auer steckte ihren Kopf zur

Tür herein. »Es gibt keinerlei Anzeichen für gewaltsames Eindringen«, erklärte die Kriminaltechnikerin.

»Wer hat ihn gefunden?«

»Ein Nachbar, der ein Stockwerk über Schwarzmüller lebt«, antwortete Reitbauer. »Die Wohnungstür ist offengestanden, da hat er zuerst nach dem Lehrer gerufen, als er keine Antwort bekommen hat, ist er in die Wohnung und hat dann bei uns angerufen.«

Keine Vorhänge, kaum Dekorgegenstände oder Bilder. Leitner schaute auf die zerbrochene Hornbrille, die neben dem Kopf Schwarzmüllers lag. »Irgendwelche Anzeichen, dass noch jemand außer dem Opfer hier wohnt?«

Auer schüttelte ihren Kopf. »Nur eine Zahnbürste im Bad. Duschgel und Shampoo für einen Mann. Keine Frauenkleidung im Kasten.«

»Was haben wir sonst?«

»Das Übliche: einen Laptop, Smartphone, Fotoalben, mehrere Ordner mit Urkunden, Versicherungspolizzen und so weiter.«

»Okay, das nehmen wir alles mit.« Leitner drehte sich zu Reitbauer um. »Ich brauche Adressen und Telefonnummern seiner Exfrau, Tochter und von den Eltern, falls die noch leben. Und vom Direktor der Schule.«

»Bekommen Sie in einer Minute per Mail.«

»Danke.« *Gut vorbereitet, der Herr Inspektionsleiter.* »Todeszeitpunkt?«, fragte Leitner Doktor Heiß.

»Vor circa fünf Stunden.«

»Gemeldet wurde der Mord aber erst vor zwei, richtig?«

»Genau«, bestätigte Reitbauer. »Niemand hat die Schüsse gehört. Offenbar haben alle anderen Bewohner des Mietshauses gearbeitet oder waren aus einem anderen Grund außer Haus.«

Leitner nickte zwar, beschloss jedoch selbst mit jedem Einzelnen von Schwarzmüllers Nachbarn zu sprechen. *Dass wirklich alle ausgeflogen waren, ist doch kaum zu glauben …*

Zuerst muss ich aber zur Tochter und zur Exfrau. Die meisten Verbrechen finden ihren Ausgangspunkt im familiären Umfeld der Opfer.

30

Eisenreichdornach schloss unmittelbar an die Bezirkshauptstadt an und hätte genauso gut auch als Ortsteil Amstettens durchgehen können. Die Scheinwerfer von Stefanie Leitners Dienstwagen streiften über das Gelände eines Kinderspielplatzes. *Rutsche, mehrere Schaukeln unter Bäumen im Grünen, alles da, was sich kleine Kinder wünschen. Gleich daneben ein großer Parkplatz, doch der ist eher für die Mitglieder des Asphaltstockvereins gedacht.*

»Sie haben Ihr Ziel erreicht.«

Vor dem Einfamilienhaus parkte ein 5er-BMW. *Auch in der Garage wird noch ein weiteres Auto stehen.* Durch die Vorhänge drang Lichtschein nach draußen. *Sie schlafen also noch nicht.* Leitner wusste nicht, ob sie sich darüber freuen sollte, dass sie die schlechte Nachricht schon jetzt überbringen konnte. Das hatte sie nämlich ursprünglich davon abhängig gemacht, ob sie unter der Adresse, die ihr Reitbauer übermittelt hatte, noch jemand in wachem Zustand antreffen würde. Daran zweifelte sie nun nicht mehr.

Stefanie Leitner stellte den Motor ab und schaltete das Licht der Scheinwerfer aus. Sie zögerte, stieg nicht aus, blieb auf dem Fahrersitz kleben. Mit einem Mal verspürte sie wenig bis gar keine Lust, das bevorstehende Gespräch zu führen.

Mein Geld habe ich heute schon mehr als verdient. Zwei Tatorte, zwei Leichen, mehrere Befragungen. Einen Fall bereits gelöst. Was mach ich hier also noch?

Reiß dich zusammen!

Mit der flachen Hand schlug sie auf den Mittelteil des Lenkrads ein. Der Schlag war gerade noch kontrolliert genug, um die Hupe nicht ertönen zu lassen.

Du bist es der Tochter schuldig!

Morgen ist wahrscheinlich schon die Hölle los.

Die Zeitungen werden darüber berichten.

Jede Stunde, die sie Zeit hat, die Information in Ruhe zu verarbeiten, ist für sie wertvoll.

Sie griff nach dem metallenen Hebel an der Fahrertür, überwand den Widerstand und stieß die Tür auf. Angenehme frische Luft strömte ins Innere des Autos. Leitner löste den Gurt und stieg aus. Mehrere Grillen zirpten um die Wette. Der Himmel war sternenklar, der Mond eine schmale Sichel. Einmal noch sammelte sich Leitner. Sie prüfte die Hausnummer an der Wand und war nun sicher, vor der richtigen Tür zu stehen. Mit ihrem Zeigefinger drückte sie auf den Taster. Sofort ertönte der schrille Ton. Mehrere Sekunden vergingen, dann hörte sie Geräusche im Innern des Hauses. Ein Schlüssel wurde im Schloss gedreht, die Tür danach nur einen Spaltbreit geöffnet. »Ja?« Ein Mann, Leitner schätzte ihn im Dunkeln zwischen vierzig und fünfzig Jahre alt, steckte seinen Kopf zur Tür heraus.

»Guten Abend, Leitner, Kriminalpolizei!« Ihren Ausweis hielt Leitner schon in ihrer Hand, die sie jetzt dem Mann entgegenstreckte. »Ist Frau Schwarzmüller zuhause? Ich weiß, es ist spät, ich müsste aber trotzdem kurz mit ihr reden. Es geht um ihren Exmann.«

Das Gesicht zwischen Tür und Türrahmen verfinsterte sich.

»Wenn es denn sein muss«, sagte der Mann nach einer Nachdenkpause resigniert und öffnete die Tür ganz, sodass Leitner eintreten konnte.

Noch immer hatte sich der Hausherr nicht vorgestellt. Er trug einen grauen Hausanzug und steckte beide Arme in die Seitentaschen seiner Weste. »Ziehen Sie sich die Schuhe aus«, instruierte er Leitner. Der Mann nahm eine Hand wieder aus der Tasche und zeigte auf den Boden. »Hier sind Gästepantoffeln. Ich gebe Brigitte Bescheid.« Der Mann wirkte müde und niedergeschlagen, als er Leitner seinen Rücken zudrehte und in Richtung des Zimmers verschwand, aus dem zuvor noch unterschiedliche Stimmen und das typische Lichterspiel eines Fernsehers gedrungen waren.

Schnell schlüpfte Stefanie Leitner aus ihren Schuhen und lief dem Mann hinterher.

»Es geht um deinen Ex. Eine Inspektorin von der Kripo will mit dir reden.«

Leitner klopfte an die angelehnte Tür, öffnete sie und betrat das Wohnzimmer. Sämtliche Möbel wirkten neu, waren aus Vollholz und rochen geradezu nach Geld. *Reich in Eisenreichdornach. Am Hungertuch werden sie nicht gerade nagen, auch wenn keine Alimente mehr vom Exmann fließen.* Der Fernseher zeigte ein Standbild von Kevin Spacey. House of Cards, folgerte Leitner.

»Was ist mit Peter?«, fragte die Frau. Verschlafen rieb sie sich die Augen. Zuvor hatte sie auf der Couch gelegen, jetzt saß sie auf den Polstermöbeln.

Brigitte Schwarzmüller wirkte deutlich jünger als ihr neuer Lebensgefährte und auch als ihr Exmann. Feine Gesichtszüge, blasse Hautfarbe, blaue Augen und dazu passend einen hellblauen Hausanzug, unter dem Stefanie Leitner die schlanke Figur nur erahnen konnte. Leitner bemühte sich um einen bedauernden Gesichtsausdruck.

»Es tut mir leid«, sagte sie, »aber ich muss Sie darüber informieren, dass Herr Schwarzmüller heute in seiner Wohnung in Amstetten ermordet worden ist.«

Die Frau reagierte zuerst gar nicht, keinerlei Gefühlsregung zeichnete sich in ihrem Gesicht ab. Auch den Mann behielt Leitner im Auge. Der neue Lebensgefährte Brigitte Schwarzmüllers blieb vorerst ebenso stumm, den Ansatz von Erleichterung las Leitner jedoch, wenn auch nur für einen Sekundenbruchteil, in dessen Gesicht.

Eggenbauer heißt der Kerl, erinnerte sich Leitner.

Zwar hatte sich der Mann bisher nicht selbst vorgestellt, Reitbauer war aber so aufmerksam gewesen und hatte ihr sämtliche Namen mit den dazugehörigen Daten der im selben Haus wie Brigitte Schwarzmüller gemeldeten Personen übermittelt.

»Wir sollten Verena holen«, sagte Eggenbauer schließlich. Die Frau starrte nun ins Leere.

»Peter ist tot.« Sie schluckte. »Ist wahrscheinlich besser so«, stellte sie dann fest. »Ich hole unsere Tochter.« Brigitte Schwarzmüller stand auf und verließ mit hängenden Schultern das Zimmer.

»Setzen Sie sich doch«, forderte der Herr des Hauses Leitner auf.

»Wohin?«

Eggenbauer zeigte auf den Sofasessel, der im Neunzig-Grad-Winkel zur Couch stand. Leitner nahm Platz,

Eggenbauer schaltete mithilfe der Fernbedienung den Fernseher aus. »Möchten Sie etwas trinken?«

»Nein, danke.«

»Wie ist es denn passiert?«

»Ich würde gerne mit den Einzelheiten warten, bis Frau Schwarzmüller mit ihrer Tochter zurückgekommen ist.«

»Verstehe.«

»Dann brauche ich nicht alles doppelt zu erzählen«, erklärte Leitner. Sofort ärgerte sie sich über sich selbst.

Ich bin hier die Ermittlerin, ihm bin ich keinerlei Erklärungen schuldig und schon gar keine Rechenschaft!

Die beiden warteten, ohne noch ein weiteres Wort miteinander zu wechseln. Eggenbauer starrte verbissen auf den dunklen Bildschirm. Nach einer gefühlten Ewigkeit kam Brigitte Schwarzmüller mit ihrer Tochter zurück ins Wohnzimmer.

Verena hatte die schlanke Figur und die blonden Haare ihrer Mutter geerbt. Ihre Haut war hingegen weniger sonnenempfindlich und daher dunkelgebräunt, die Augen waren wie die ihres Vaters braun.

Enge, hüfthohe Jeans, dazu ein T-Shirt von Nirvana. Kurt Cobain lebt also auch unter den heutigen Jugendlichen weiter.

Leitner erzählte den drei Anwesenden, was passiert war, ohne zu viele Details zu verraten. Verenas Vater war in seiner Wohnung erschossen aufgefunden worden. Die Hintergründe für die Tat waren bisher vollkommen unklar. Verdächtige gab es bisher keine. Vergangenes Wochenende hatte Verena noch am Sonntag einige Stunden mit ihrem Vater im Freibad verbracht. Meist war sie währenddessen zwar mit Freundinnen beisammen gewesen, aber sie hatte gemeinsam mit ihrem Vater eine Portion Pommes in der Kantine verspeist, danach hatte er noch ein Eis spendiert.

»Hat dein Vater irgendetwas Auffälliges erwähnt, hatte er Probleme?«, fragte Stefanie Leitner das Mädchen.

Einige Augenblicke lang dachte Verena nach. »Nein, wir haben über die Sommerferien gesprochen. Vater wollte wegfahren, auf irgendeine Insel in Griechenland.«

»Mit dir?«

Verena schüttelte traurig ihren Kopf.

»Das hätte ich nicht erlaubt«, antwortete Verenas Mutter anstelle ihrer Tochter.

»Wieso nicht?«

»Ich hatte meine Gründe.«

Verenas Augen funkelten ihre Mutter an. »Sie hat Vater nicht vertraut! Nur weil er sie nicht mehr haben wollte, hatte sie Angst, er würde sich an mich ranmachen! Das hätte Papa doch nie und nimmer getan!«

Verenas Stimme war immer lauter geworden. Tränen rannen über ihre Wangen. Die Jugendliche stürmte aus dem Wohnzimmer und schlug die Tür hinter sich zu. Nur wenige Sekunden später vibrierten die Mauern des Hauses. Leitner erkannte die typisch tiefe Stimme des Sängers von Metallica, auch wenn der dumpfe Bass den Gesang fast komplett übertönte.

»Bitte entschuldigen Sie unsere Tochter. Verena ist normalerweise nicht so«, sagte Brigitte Schwarzmüller. Der Frau war die Situation sichtlich unangenehm. Sie setzte sich neben ihren Lebensgefährten aufs Sofa, schaffte es jedoch nicht, der Inspektorin in die Augen zu schauen.

»Dass ein Teenagermädchen, wenn es vom Tod des Vaters erfährt, die Beherrschung verliert, ist vollkommen normal.«

Die Frau nickte. »Was Verena vorhin gesagt hat«, flüsterte sie.

»Dass Sie nicht wollten, dass Ihr Exmann mit Ihrer Tochter in den Urlaub fährt, weil Sie Angst hatten, er könnte sich an Verena heranmachen«, ergänzte Leitner.

»Es stimmt. Verena hat recht mit ihrer Anschuldigung. Ich habe Peter in der Hinsicht einfach nicht vertraut.«

»Warum nicht?«

Noch immer sah sie Leitner nicht an, stattdessen starrte sie auf das grau-schwarze Bild des Fernsehers. Eggenbauer legte seine Hand auf die seiner Lebensgefährtin und drückte sie.

»Ich war sehr jung«, sagte Brigitte Schwarzmüller nach einigen Sekunden der Stille. »Sehr, sehr jung, als wir zusammengekommen sind.«

»Wie alt genau?«

»Noch keine fünfzehn, Ende vierzehn. Meine Eltern hatten keine Ahnung.« Sie drehte den Kopf in Leitners Richtung. Ihre blauen Augen sahen sie an. Es fiel ihr sichtlich schwer, aber sie sprach weiter. »Mit sechzehn habe ich es dann meinen Eltern gesagt. Mit achtzehn ist Verena gekommen. Kurz davor haben wir geheiratet. Doch dann hat Peter das Interesse an mir verloren. Zuerst ist es mir nicht aufgefallen, ich habe mich ja voll und ganz auf Verena konzentriert. Irgendwann ist mir ein Licht aufgegangen. Bereits mit Anfang zwanzig bin ich für Peter zu alt gewesen.« Sie seufzte. »Es war die Hölle. Ich konnte gar nichts tun. Peter hat es nie zugegeben. Wie auch? Er ist, er war ein Lehrer, der auf junge Mädchen abgefahren ist und der mit erwachsenen Frauen auf sexueller Ebene nichts anfangen konnte.«

31

Erstmals seit Wochen durchbrach Sara die morgendliche Routine. Zu unwirklich erschienen ihr die Ereignisse des vergangenen Tages. *Vielleicht habe ich das alles nur geträumt?* Statt ins Badezimmer trug sie Leni hinunter ins Wohnzimmer. Die Kleine schaute ihre Mutter verwundert an und klopfte sich mit beiden Händen seitlich gegen die Hüften.

»Gleich wechseln wir deine Windel! Mama muss nur noch schnell etwas überprüfen.«

Die Wickeltasche.

Sara setzte Leni auf den Fußboden neben den Spielzeuglaster.

»Ich bin so stark und groß, ich fahre meine Ladung von hier nach dort!«, tönte es sofort aus dessen Lautsprecher. Leni griff sich die Schnur und zog den Laster zu sich heran. »Wirf die Klötze in das Loch!«, wurde die Kleine jetzt aufgefordert. Leni drehte den Kopf in alle Richtungen und suchte nach einem der farbigen runden Klötze, die sie durch die Öffnung des Lasters befördern sollte. Neben einem Fuß der Couch entdeckte Sara die blaue Kugel. »Hier hast du sie.« Mit leuchtenden Augen nahm Leni den runden Holzklotz entgegen und steckte ihn durch die Öffnung. Der Laster quittierte die Aktion mit einem »Bravo!«.

Sara nutzte die Chance und setzte sich mitsamt der Wickeltasche auf die Couch. Als sie den Reißverschluss öffnete, betete sie lautlos dafür, dass sie nichts im Innern der Tasche finden würde, was nicht standardmäßig dort hineingehörte.

Zwei Windeln, Feuchttücher, Hut, die Weste, Wickelauflage, Tupperware-Dose mit Maisstangerl, Apfelsaft von Höller, Mutter-Kind-Pass, Führerschein, Zulassungsschein und … die Fotos!

Saras Hoffnung löste sich in Luft auf. Natürlich hatte sie in Wahrheit nicht wirklich daran geglaubt, dass sich der vorangegangene Tag nur in ihrer Fantasie abgespielt hatte, aber bis zu diesem Augenblick hatte doch die klitzekleine Möglichkeit bestanden, die Ereignisse nur geträumt zu haben.

In Schwarzmüllers Wohnung hatte sie sich nicht die Zeit genommen, die Fotos zu zählen. Nachdem Schwarzmüller tot am Fußboden in seiner Blutlacke gelegen hatte, war Sara ohne lange zu überlegen ins Schlafzimmer des Toten gegangen, hatte dort die Schublade des Kastens herausgezogen und die Polaroids mit dem nackten Mädchen an sich genommen. Es war ihr einfach richtig erschienen, die Jugendliche zu schützen.

Schwarzmüller ist tot, den ist sie ein für alle Mal los. Sie hat einen Fehler gemacht, da braucht sie jetzt nicht auch noch die Polizei mit ihren Verdächtigungen im Haus, die alles brühwarm ihren Eltern erzählen würde.

Sara betrachtete nun jedes einzelne der Fotos nacheinander. Das Mädchen wirkte zerbrechlich. Wenn das Gesicht zu sehen war, lächelte es unsicher in die Kamera. Ganz offensichtlich versuchte sie Schwarzmüller zufrieden zu stellen, ihm zu gefallen. *Gut, dass er tot ist und sie nun in Ruhe lässt!*

Auch Leni und ich haben jetzt von Schwarzmüller nichts mehr zu befürchten. Außer es führt eine Spur vom Tatort bis zu mir. Tut es aber nicht. Ich habe Handschuhe getragen, niemand hat mich gesehen, und ich bin mit Darias Auto gefahren.

Inspektorin Leitner findet sicher heraus, dass Schwarzmüller mein Nachmieter gewesen ist und ich zuvor dort gewohnt habe, wo der gute Herr Lehrer jetzt tot aufgefunden wurde.

Das ist kein Verbrechen!

Was mache ich mit den Fotos?
Ich sollte sie wegwerfen. Verbrennen.
Nein, das kann ich nicht tun.
Vielleicht brauche ich sie ja noch …

32

Gut hatte Stefanie Leitner nicht geschlafen. Obwohl sie erst spät ins Bett gekommen war, erwachte sie früh in der für sie ungewohnten Umgebung. Weiche Polster, glattes Leintuch, angenehm riechende Decke und auch die Matratze war perfekt, sodass sie keinerlei Rückschmerzen bekommen hatte. Eigentlich hätte es also ein erholsamer Schlaf werden können. Natürlich war ihr bewusst, was ihr gefehlt hatte: die gewohnte Umgebung ihres eigenen Schlafzimmers, der Geruch ihres Zuhauses.

Nach dem Gespräch mit Brigitte Schwarzmüller und ihrem Lebensgefährten Eggenbauer hatten die Zeiger ihrer Armbanduhr schon auf weit nach Mitternacht gestanden, daher war sie zurück nach Amstetten gefahren und hatte dort das für sie reservierte Zimmer bezogen.

Eggenbauer hat ein Alibi, Brigitte Schwarzmüller nicht.

Selbstverständlich musste sie das Alibi des Mannes erst überprüfen, der Einkaufsleiter eines lokal ansässigen Industriebetriebs würde sie aber kaum angelogen haben, da er sicher sein konnte, dass seine Angaben auf ihre Richtigkeit kontrolliert werden würden.

Brigitte Schwarzmüller war Ordinationsgehilfin eines Hausarztes in Amstetten und hatte nur am Vormittag Dienst gehabt.

Nachmittags ist sie im Shoppingcenter CCA in Amstetten einkaufen gewesen. Innerhalb weniger Minuten hätte sie von dort zu Schwarzmüllers Wohnung marschieren können. Der hätte seiner Exfrau ohne zu zögern die Tür geöffnet und sie in seine Wohnung gelassen. Sie ist ja auch die Mutter seiner Tochter. Schwarzmüller hatte allen Grund, sich mit ihr gutzustellen. Sie hat befürchtet, dass sich Schwarzmüller an Verena heranmacht. Ein starkes Motiv!

Bum!

Sie schießt und ist alle Sorgen los.

Stefanie Leitner streckte ihre Hände über den Kopf nach hinten bis sie die Wand berührten, auch die Füße mitsamt den Zehenspitzen dehnte sie. Danach schlug sie die Bettdecke vollends zur Seite.

Schlafen kann ich ohnehin nicht mehr.

Nachts hatte ihr Huber noch getextet, dass er auch im selben Hotel übernachten würde. Leitners Kollege war, wie von Böck angekündigt, nach ihr am Tatort eingetroffen und hatte die Aufgabe übernommen, nochmals Schwarzmüllers Nachbarn zu befragen, während Leitner dessen Tochter die schlechte Nachricht übermittelt hatte. *Für die Mutter ist es eindeutig eine gute gewesen. Auch ihr Lebensgefährte hat seine Freude über das plötzliche Ableben Schwarzmüllers kaum verbergen können.*

Brigitte Schwarzmüller steht derzeit ganz oben auf meiner Liste der Verdächtigen. Ihr Name leuchtet dort bisher einsam und verlassen auf weißem Hintergrund.

Aus jahrelanger Erfahrung wusste Stefanie Leitner, dass das wahrscheinlich nicht lange so bleiben würde. Meist gab es mindestens zwei bis drei Verdächtige, die für die Ermordung eins Opfers in Frage kamen. Bei besonders ungeliebten Zeitgenossen konnte die Zahl der Verdächtigen sogar im zweistelligen Bereich liegen.

Auch nachdem sich Leitner die Zähne geputzt, geduscht und frische Kleidung angezogen hatte, musste sie noch gut eineinhalb Stunden überbrücken. Acht Uhr hatte sie mit Huber als Zeitpunkt für das Frühstück vereinbart, in weiser Voraussicht, dass beide erst sehr spät in die Federn kommen würden. *Ich konnte ja nicht ahnen, dass ich bereits nach wenigen Stunden wieder hellwach bin. Die beiden Toten von gestern haben sicher auch ihren Anteil daran, dass an eine angenehme Nachtruhe nicht zu denken war. Das Gespräch in Eisenreichdornach. So ist sie halt, meine Arbeit …*

Aus der Laptoptasche zog Leitner nun das dazugehörige Gerät heraus und legte es auf den Schreibtisch. Kurz danach begann sie eine erste Fassung ihres Abschlussberichts zum Mord an Estera Ionescu und zum Tod Alois Holzers zu tippen. Schicken würde sie den Text an Böck erst, wenn auch die endgültigen Berichte der Gerichtsmedizin und der Kriminaltechnik vorlagen.

Für Böck sind die beiden Fälle zwar abgeschlossen, so wie ich ihn kenne, wird er aber bald darauf pochen, dass er die dazu passenden Dokumente erhält, sodass auch offiziell alles seine Richtigkeit hat. Der wird sich wundern, wie schnell er die Berichte diesmal auf seinem Tisch hat. Fall abgeschlossen.

Zufrieden klappte Leitner den Laptop zu. Wenn die Untersuchung des Tatorts in Daria Ivanovas Wohnung keine überraschenden Ergebnisse zu Tage förderte, konnte sie die Berichte Auers und Heiß' einfach als Anhang an Böck samt ihrem Bericht weiterleiten.

Volle Konzentration auf den Fall Schwarzmüller.

Neugierig war Stefanie Leitner darauf, was Hubers Befragung der Nachbarn des Ermordeten ergeben hatte.

»War sinnlos heute Nacht«, erklärte ihr der jedoch beim Frühstück. »Die beiden unmittelbaren Nachbarn haben schon geschlafen. Ich habe zwar jeweils einmal geläutet, es hat sich aber nichts getan.«

Leitner strich sich Butter in ihre Semmel. »Dann versuchen wir es am Vormittag gemeinsam nochmal. Wir müssen sicher sein, dass wirklich niemand etwas mitbekommen hat.«

»Wird wahrscheinlich nicht viel bringen.« Huber schob sich ein Stück Schinken in den Mund.

»Dafür, dass du mit niemanden sprechen konntest, bist du aber noch lange wach gewesen.« Leitner spielte auf die späten Textnachrichten Hubers an.

Der nickte. »Ich bin noch ins Mostdance, als Privatperson natürlich. Der Fall ist ja praktisch abgeschlossen, ich wollte mich nur noch einmal dort umsehen.«

Kann ich mir gut vorstellen.

Was wohl Elfriede Auer dazu sagen würde?

»Stell dir vor, Daria ist schon wieder aufgetreten! Nur wenige Stunden nachdem sie von Holzer bedroht worden und er in ihrer Wohnung erschossen worden ist!«

»Ablenkung ist auch eine Möglichkeit, um mit den Geschehnissen umzugehen.«

»Trotzdem, sehr abgebrüht, unsere Bulgarin. Übrigens deutet alles darauf hin, dass sie Esteras Nummer-eins-Position übernommen hat. Ob sie auch dieselbe Nummer wie Estera im Separee abzieht, weiß ich nicht. Gestern ist sie jedenfalls kaum noch aus den Gartenlauben herausgekommen und hat dort sicher jede Menge Kohle abgestaubt! Einen geilen Körper hat die, würde ich auch gerne einmal flachlegen.«

Stefanie Leitner wollte gar nicht wissen, ob sich ihr lieber Herr Kollege auch einen privaten Strip gegönnte hatte. Zutrauen würde sie es ihm.

Jetzt, wo Huber aber weiß, dass alles aufgezeichnet wird, war er hoffentlich nicht so blöd, sich diese Blöße zu geben.

33

»Ich habe gestern nichts mitbekommen, Nachmittagsschicht!«

Es ist zum Aus-der-Haut-Fahren! Ein weiteres Mal ärgerte sich Stefanie Leitner an diesem Vormittag, da sie bisher überall dieselbe Antwort bekommen hatte.

»Sie können gerne bei meiner Firma nachfragen, falls ich ein Alibi brauche.«

»Danke, aber das wird nicht nötig sein.«

Wieder nichts.

Wie schon bei den anderen Nachbarn des ermordeten Schwarzmüller blieb Leitner nichts anderes übrig, als mit ihren Standardfragen fortzufahren. Der Mann, der direkt neben dem Lehrer wohnte, trug ein schwarzes Rundhalsshirt, dazu blaue Bermudas und stand barfuß zwischen dem Türrahmen. Man sah ihm an, dass er sich sein Geld mit körperlicher Arbeit verdiente. Auch er hatte seit Schwarzmüllers Einzug kaum Kontakt mit ihm gehabt. »Lehrer sind mir schon immer suspekt gewesen. Das hat sich seit der Schule nicht geändert. Die Sara war mir als Nachbarin daher deutlich lieber.«

»Wer?«

»Die Sara hat vor dem Lehrer hier gewohnt. Mit ihr habe ich mich gut verstanden.«

Leitner machte sich gedanklich eine Notiz, sie musste prüfen lassen, wer vor Schwarzmüller in der Wohnung gelebt hatte. Bei dem Vornamen Sara kam ihr sofort Sara Buchner in den Sinn.

»Zurück zu Schwarzmüller. Auch wenn Sie keinen direkten Kontakt mit ihm hatten, ist Ihnen nicht vielleicht doch irgendetwas Ungewöhnliches aufgefallen?«

Der Mann schüttelte den Kopf. »Ungewöhnliches nicht, er hat nur am Nachmittag öfters Nachhilfe gegeben.« Schwarzmüllers Nachbar machte eine Pause. »Auffällig war, dass immer nur Mädchen gekommen sind, aber in dieser Berufsschule sind die sicher deutlich in der Überzahl, daher war es vielleicht nicht so ungewöhnlich.«

Nachhilfe, und nur Mädchen, vielleicht ist es wirklich nicht ungewöhnlich.

Leitner hielt nun auch diesem Nachbarn ihr Smartphone vors Gesicht. »Ist dieses Mädchen vielleicht auch öfter hier gewesen?«

Bei dem Foto, das auf dem Display angezeigt wurde, handelte es sich um eine Frontalaufnahme von Verena Schwarzmüllers Gesicht aus dem aktuellen Pass der Jugendlichen.

»Kann sein, so genau habe ich mir die Mädels nicht angeschaut. Mich interessieren richtige gestandene Weiber, die wissen, wo es langgeht.«

»Verstehe.« Das Smartphone Leitners verschwand wieder in ihrer Tasche. Anschließend bedankte und verabschiedete sich die Inspektorin. Damit war die Befragung der Nachbarn für sie abgeschlossen. Nachdenklich stieg sie die Stufen hinunter, von unten hörte sie, wie ihr jemand entgegenkam.

Der gute Herr Kollege Huber ist auch schon fertig. Anscheinend ist er auf keine junge knackige Frau gestoßen, sonst hätte ich hier noch lange auf ihn warten können.

»Nichts«, berichtete Huber. »Jeder behauptet ausnahmslos mehr oder weniger glaubhaft, gestern zum Tatzeitpunkt nicht daheim gewesen zu sein und daher nichts mitbekommen zu haben.«

»Sonst etwas?«, fragte Leitner. Sie stoppte nicht, sondern lief weiter nach unten. Huber folgte ihr.

»Schwarzmüller hatte zu niemandem hier Kontakt. Die Mieter bleiben unter sich, fast so anonym wie in der Großstadt, und unser Herr Lehrer ist ja erst vor kurzem hier eingezogen«, sagte Huber.

Leitner stieß die schwere Eingangstür auf und trat ins Freie auf den Gehsteig. Nachdem Huber neben ihr stand, ließ sie die Tür wieder ins Schloss fallen. Dann versuchte sie sie zu öffnen, doch sie kam nicht mehr hinein.

Entweder hat Schwarzmüller dem Täter auch diese Tür aufgemacht, oder der Mörder ist gemeinsam mit einem der anderen Hausbewohner hinein. Oder er hatte einen Schlüssel.

»Einer älteren Dame im Erdgeschoß ist aufgefallen«, sagte Huber nun, »dass, seit der Herr Professor hier gewohnt hat, öfter mal junge Mädchen im Stiegenhaus anzutreffen waren.«

Ähnliche Aussage wie gerade eben. Huber kann also auch älteren Damen Information entlocken, und nicht nur den jungen Dingern beim Ausziehen zuschauen.

»Schwarzmüller hat anscheinend Nachhilfeunterricht gegeben, vermutet zumindest der Nachbar, der gleich die Wohnung neben ihm hat«, informierte Leitner ihren Kollegen. »Ich fahre jetzt zur Schule! Bin schon gespannt auf den Herrn Direktor und seine Meinung zu Schwarzmüller.«

34

Leitner passierte das Altenpflegeheim, sie blinkte, bog rechts ab und stellte ihren Wagen auf dem gepflasterten Parkplatz vor dem Schulkomplex ab. Mit Huber hatte sie vereinbart, dass er nach Sankt Georgen fahren und dort die Inspektionsleiterin fragen würde, ob die beiden Inspektoren vom LKA weiterhin den Pausenraum der Polizeiinspektion nutzen durften, auch wenn die aktuellen Ermittlungen sich auf einen Fall in Amstetten konzentrierten. Mit Böck war diese Vorgehensweise bereits abgestimmt und Leitner bräuchte nicht nach einem neuen Platz in Amstetten Ausschau halten. Alles war mittlerweile perfekt in Sankt Georgen eingerichtet, und da es sich um keine dunkle Abstellkammer handelte, fühlte sie sich dort auch einigermaßen wohl.

In der Schule war es verdächtig ruhig. Natürlich war Leitner klar, dass die Sommerferien in Riesenschritten näher kamen, trotzdem sollte sich mehr rühren.

»Wandertag!«, erklärte ihr der Direktor der Schule in seinen Räumlichkeiten.

Mir war nicht bewusst, dass es so etwas auch bei einer Berufsschule gibt, dachte Leitner. *Aber mir kann es egal sein, wie man hier seinen Beruf erlernt, solange dabei niemand zu Schaden kommt.*

Bei Direktor Weinzettel handelte es sich um eine größere Ausgabe von Leitners Direktor Böck beim LKA. Der Schuldirektor überragte Böck sicher um einen Kopf, aber auch der Bauch war entsprechend noch voluminöser ausgelegt, sodass sich in Summe für Leitner ein ähnliches Bild ergab. Ebensolche Wurstfinger wie Böck, nur deutlich größere Pranken wies Weinzettel auf. Der Direktor wusste diese auch beim Händedruck richtig einzusetzen.

»In aller Eile habe ich noch einen Ersatz für Schwarzmüller auftreiben müssen. Fast hätte ich selbst mitmarschieren müssen! Und Sie sehen ja selbst.« Weinzettel zeigte auf seinen Bauch. »Dieser Körper ist nicht für längere Wanderungen gebaut.«

Was soll man darauf antworten?

Vorsichtig nickte Leitner.

»Ich bin noch immer ganz geschockt!«, stellte Weinzettel jetzt fest. Mit seinen beiden Handflächen strich sich der Direktor währenddessen über seinen Bauch. *Fehlen nur noch die Hosenträger, in die er seine Daumen einhakt. Geschockt wirkt er auf mich nicht. Ja, vielleicht ist er das gewesen, als ihm schon geblüht hat, dass er mit den Schülern wandern muss. Dieser Wandertag hätte die Schulklasse sicher direkt ins nächstgelegene Kaffeehaus geführt.*

»Sie wollten mit mir über Schwarzmüller reden«, riss der Direktor sie aus ihren Fantastereien.

»Ja, natürlich, entschuldigen Sie.« *Konzentrier dich!,* rief Leitner sich zur Ordnung. »Was können Sie mir über Herrn Schwarzmüller sagen?«, wollte sie dann wissen.

Weinzettel seufzte und zuckte mit den Achseln. »Nicht viel, fürchte ich. Schwarzmüller war sehr zuverlässig, stets bemüht, er hat hier die wirtschaftlichen Themen unterrichtet, schließlich sollen die Damen und Herren auch in der Lage sein, in Zukunft ihr eigenes Geschäft zu führen.«

Die Vermutung des Nachbarn könnte also stimmen.

»Wissen Sie, ob er Nachhilfeunterricht gegeben hat?«

Weinzettel schüttelte seinen Kopf. »Nicht dass mir das bewusst gewesen wäre. Die Schülerinnen können natürlich in den Unterrichtseinheiten und in den Pausen auf die Lehrer zugehen, aber offiziell hat Schwarzmüller jedenfalls nichts mit Nachhilfe dazuverdient.« Nochmals schüttelte Weinzettel seinen Kopf. »So sozial und engagiert, dass er gratis Nachhilfe angeboten hätte, war er auch wieder nicht. Das hätte ich mitbekommen.«

Wie stelle ich ihm die nächste Frage? Ein sensibles Thema, das wird ihm gar nicht gefallen, seine angesehene Schule könnte in Verruf geraten, aber sie muss heraus. Die Hinweise der Exfrau kann ich nicht einfach ignorieren.

35

In Zeitlupentempo zog ein Ort des Ybbstals nach dem anderen an Sara vorbei. Der Regionalzug der ÖBB stoppte an jeder nur möglichen Haltestelle.

Hausmening, Gleiß, Kematen, Rosenau, Sonntagberg, Böhlerwerk. Was weiß ich, wie viele Haltestellen es gibt. Vollkommen unnötig, auch nur einmal vor Waidhofen stehen zu bleiben. Noch immer befanden sich Sara und Leni alleine mit dem älteren Herrn im Waggon, der so wie die beiden bereits am Hauptbahnhof Amstetten eingestiegen war. Seither war kein neuer Fahrgast mehr hinzugekommen und verlassen hatte natürlich das Abteil auch niemand.

Irgendwo muss sich noch der Schaffner verstecken, und auch einen Lokführer dürfte es trotz allem geben, vermutete Sara, da sie bisher nichts davon gehört hatte, dass Züge bereits vollautomatisch betrieben wurden. Rein aus Bequemlichkeit und um Leni nicht so lange Zeit im Kindersitz festschnallen zu müssen, hatte Sara statt des Autos die Eisenbahn gewählt. Der Freiraum wurde von Leni auch tatsächlich genutzt, indem sie sich von einem Sitz zum nächsten hangelte. Noch immer konnte sie zwar nicht freihändig gehen, aber sie stand relativ sicher auf beiden Beinen, wenn sie sich mit den Händen irgendwo festhalten konnte. Über diese kleinen Fortschritte freute sich Sara sehr, da Leni mit dem Laufen im Vergleich zu den meisten anderen gleichaltrigen Kindern eher spät dran war. Lange würde es nun aber nicht mehr dauern, war sich Sara sicher. Breitbeinig stand sie gebückt hinter ihrer Tochter, die Arme nahe am Rücken der Kleinen, sodass sie Leni bei der nächsten Bremsung des Zugs, die unweigerlich kommen musste, auffangen konnte. Leni trat auf wackeligen Beinen einen Schritt seitwärts. Danach krallten sich ihre Finger in die Lehne des nächsten Sitzes.

»Bravo! Gut machst du das!«, lobte Sara die Kleine. Lenis Gesicht strahlte sowieso schon seit Minuten, so zufrieden war das Mädchen mit ihrer eigenen Leistung.

Der Waggon rollte über eine der Ybbsbrücken. Von ihrem Standort aus konnte Sara das Wasser im Flussbett nicht erkennen, sie wusste aber, dass es sich mindestens zehn, wenn nicht sogar zwanzig Meter unter ihr befand. *Ob auch von dieser Brücke schon mal jemand gesprungen ist?* Sicher war sich Sara nicht, zu viele Möglichkeiten boten sich im Ybbstal für lebensmüde Menschen. *Wenn man einen guten Grund hat, dann ist der Sprung auch die perfekte Lösung.*

Der Zug tuckerte nun bereits wieder über festen Untergrund, trotzdem ließen Sara ihre trüben Gedanken nicht los.

Das Mädchen auf den Fotos.

Vor dem Schulhof hat es so verlassen gewirkt.

Unsicher.

Unglücklich.

Schwarzmüller ist tot, jetzt wird es ihr besser gehen.

Sara, das kannst du nicht wissen!

Du machst dir etwas vor.

Der Zug wurde langsamer. Saras Hand landeten auf Lenis Schultern. Die Kleine hielt sich mit einer Hand fest, mit der anderen schob sie die Hand ihrer Mutter fort. Ich brauche deine Hilfe nicht! Ich komme alleine zurecht, sagte ihr Leni damit.

Was, wenn die Schülerin nicht damit zurechtkommt, was passiert ist? Was, wenn sie professionelle Hilfe benötigt und keine bekommt, weil niemand ihre Probleme kennt?

Sollte sie sich etwas antun, könnte ich mir das nie verzeihen!

Mittlerweile stand der Zug still, die Türen blieben geschlossen, auch hier stieg weder jemand ein noch aus. Wieder hangelte sich Leni eine Sitzreihe vorwärts. Der ältere Mann lächelte Mutter und Tochter zu.

Ich muss mit dem Mädchen reden, ihr, falls nötig, meine Hilfe anbieten. Ja, das werde ich tun!

Mit einem Ruck beschleunigte der Zug wieder. Diesmal war Leni nicht verärgert über die Hilfe ihrer Mutter. Das Mädchen grinste Sara sogar dankbar an, so als wäre ihr bewusst, dass es ohne Unterstützung ihrer Mutter auf dem harten Boden des Waggons gelandet wäre. *Hoffentlich vergisst du nie, wie sehr ich mich um dich gekümmert habe, als du klein warst.* Seit der Geburt Lenis hatte Sara vor allem gegenüber ihrer Oma ein schlechtes Gewissen. Viel zu selten kam sie dazu, die nunmehrige Urgroßmutter im Altersheim in Waidhofen zu besuchen. Trotz der nervenaufreibenden vergangenen Tage hatte sie sich daher an diesem Tag dazu durchgerungen, der alten Dame einen Besuch abzustatten. *Diesmal sind die Vorzeichen umgekehrt,* ging es Sara durch den Kopf. *Heute braucht mir Oma kein Geld von ihrer ohnehin mickrigen Pension zuzustecken. Heute wird sie von mir verwöhnt.* Sara hatte bereits Termine beim Friseur und für die Maniküre und Pediküre vereinbart. Noch immer liebte es ihre Großmutter, sich schön zu machen, und Sara hatte beschlossen, ihrer Oma etwas Gutes zu tun. Dafür würde sie einen kleinen Teil von Schwarzmüllers Geld verwenden.

Das hat sie sich verdient. Auch für meine Oma ist es nicht einfach gewesen, Mutter und dann auch noch mich großzuziehen.

Saras Augen richteten sich auf Lenis Rücken.

Jetzt weiß ich, was es heißt, ein Kind zu haben.

Ihre Hand streichelte liebevoll über den Rücken ihrer Tochter. Diese löste sofort wieder einen Arm von der Sessellehne und schüttelte die Hand ihrer Mutter verärgert ab.

36

Wie befürchtet war Weinzettel außer sich gewesen. Der gute Herr Direktor hätte Stefanie Leitner am liebsten sofort aus dem Schulgebäude gejagt, hatte sich dann aber doch gerade noch rechtzeitig besonnen, als ihn die Inspektorin daran erinnert hatte, dass sie nur ihre Arbeit tat und jedem Hinweis – sei er auch noch so abwegig und unangenehm – nachgehen musste.

»Bringen Sie mir ja nicht meine Schule in Misskredit!«, hatte Weinzettel mit erhobenem Zeigefinger gefordert.

»Ich trachte danach, dass nichts nach draußen dringt.«

»Was haben Sie denn schon? Die Anschuldigungen seiner gehässigen Exfrau! Da ist doch rein gar nichts dran.«

Und die Zeugenaussagen zweier Nachbarn. Junge Mädchen sollen häufig beim Herrn Lehrer zu Besuch gewesen sein.

Offiziell hat Schwarzmüller ja keine Nachhilfe gegeben. Hat er sich vielleicht nur schwarz etwas dazuverdient, ohne das Finanzamt darauf aufmerksam zu machen? Wäre gut möglich, wieso sollte aus-

gerechnet ein Lehrer darauf verzichten, Vater Staat ein Schnippchen zu schlagen, so wie es viele andere Landsleute auch tun?

Direktor Weinzettel hatte jedenfalls in keiner Weise auch nur annähernd in Betracht ziehen wollen, dass Schwarzmüller zu einer seiner Schülerinnen ein sexuelles Verhältnis gehabt haben könnte. Leitner befand sich auf dem Weg ins LKA, das Radio lief, sie hörte jedoch nicht auf das Geschwafel der Moderatoren, zu sehr beschäftigte sie ihr neuer Fall.

Leitner wunderte sich nicht über die Reaktion des Schuldirektors.

Das Letzte, was der brauchen kann, sind negative Schlagzeilen. Die wird es zwar aufgrund der Ermordung eines Lehrers geben, aber das ist bei weitem nicht so schlimm wie der Verdacht von sexuellem Missbrauch an einer oder mehrerer Schülerinnen, den ich in den Raum gestellt habe.

Leitner stellte den Wagen auf dem Parkplatz vor dem LKA ab. Elfriede Auer hatte ihr ein erstes Zwischenergebnis zu den Untersuchungen in Schwarzmüllers Wohnung und zu den konfiszierten Besitztümern des Opfers versprochen. Ohne sich bei Böck zu melden oder auch nur einen Blick in ihr eigenes verwaistes Büro zu werfen, marschierte Leitner geradewegs ins Labor zur Kriminaltechnikerin.

Diesmal trug Auer einen weißen Laborkittel, darunter blitzte ein schwarzes Top hervor, flache schwarz-weiße Lederschuhe und die dunkelblauen Jeans verliehen ihrem Outfit einen sportlichen Touch. »Schwarzmüller hatte etwas Geld auf der hohen Kante, und eine stattliche Lebensversicherung, seine Tochter ist gut abgesichert«, informierte Auer die Inspektorin. Sie zeigte auf einen Papierstapel, den sie bereits gesichtet hatte.

Zwar scheinen Brigitte Schwarzmüller und auch Verena keine Geldsorgen zu haben, noch weiß ich das aber nicht mit Sicherheit. Der wohlhabende Eggenbauer hat die Schwarzmüller ja nicht geheiratet. Wenn er sie abserviert und auf die Straße setzt, sind die beiden vielleicht mit einem Schlag in der Armutsfalle.

»Der Hammer ist allerdings das hier!« Auer legte ihre Hand auf den Stapel mit Fotoalben. Sie schlug den Deckel des obersten Albums zurück. »Unser Herr Lehrer gehörte zur Gruppe der Thailandtouristen.«

Leitner trat näher.

»Hier gibt es jede Menge Fotos, die Schwarzmüller mit jungen Asiatinnen zeigen«, fuhr Auer fort. »Zwar sind sie alle angezogen, züchtig bekleidet sieht aber anders aus. Ich will mir gar nicht vorstellen, was da abgegangen ist, nachdem die Kamera wieder verstaut worden ist.«

Die sehen wirklich verdammt jung aus. Leitner blätterte nach vorne. *Noch mehr junge Mädchen.* Schwarzmüller grinste ihr mit hochrotem Kopf entgegen, die Brille des Lehrers war beschlagen. *Daher also die Verdächtigungen der Ex. Ich verstehe ihre Angst nur zu gut.*

»Gibt es noch mehr?«

»Nein, das sind die Einzigen«, antwortete Auer. »Die anderen Alben sind mit Fotos von Familienfeiern und Ausflügen vollgeklebt.«

»Computer?«

»Der kommt als Nächstes dran. Das Passwort habe ich bisher noch nicht geknackt.«

Vor dem Ergebnis graute Stefanie Leitner bereits jetzt. Lust hatte sie überhaupt keine, sich pornografische Bilder mit Jugendlichen oder gar Kindern anzusehen. Sie schätzte die Wahrscheinlichkeit aber relativ hoch ein, dass Auer derartige Fotos auf Schwarzmüllers Festplatte finden würde.

37

Saras Beine schmerzten, der Kopf Lenis lehnte sich immer öfter gegen ihre Brust. Schon zum zweiten Mal war Sara mit der Kleinen in der Trage den Weg vom Schulgebäude ins Stadtzentrum Amstettens und wieder zurück gelaufen. Trotz der idealen Gewichtsverteilung durch den Gurt lastete Lenis zusätzliches Gewicht schwer. Doch während den Unterrichtsstunden vor dem Ausgang der Berufsschule zu warten, war für Sara ein Ding der Unmöglichkeit gewesen. Dafür war Leni einfach zu ungeduldig und es wäre auch viel zu auffällig gewesen, gestand sie sich ein.

Wenn sie diesmal nicht herauskommt, gebe ich für heute auf.

Sara passierte ein weiteres Mal das Jugendzentrum, der Blick auf die Uhr verriet ihr, dass sie genau das richtige Tempo gewählt hatte. In nur zwei Minuten war die nächste Unterrichtseinheit vorbei und dann hatte hoffentlich Schwarzmüllers ehemalige Schülerin und Opfer für diesen Tag ihre Pflicht getan.

Während Sara sich den Schweiß von der Stirn wischte, nahm ein dunkelblauer VW-Passat die Zufahrt zu Schule. Die Lenkerin parkte ihren Wagen neben einem grünen Ford Focus ein, in dem auf dem Fahrersitz eine weitere Mutter auf ihren Nachwuchs wartete. Sara überquerte die Straße und ging denselben Weg, den zuvor der Passat gefahren war. Die warmen Temperaturen hatten offenbar viele Schüler dazu bewegt, mit dem Fahrrad zur Schule zu kommen. Entsprechend überfüllt wirkte der überdachte Abstellplatz. Zuletzt hatte Sara noch Schwarzmüller mit dem Bike ins Freibad radeln sehen. Das würde nun nicht mehr passieren.

Die ersten Schüler traten nacheinander ins Freie.

Typisch, einer der Lehrer hat den Unterricht schon vor dem offiziellen Signal für beendet erklärt. Wahrscheinlich will auch er schon ins Freibad, einkaufen, oder sich mit seiner Freundin vergnügen. Vielleicht hat er auch nur schon genug von den nervenden Kommentaren seiner Schüler gehabt. Wer sagt, dass es überhaupt ein Lehrer und keine Lehrerin gewesen ist, die ihre Schüler vorzeitig entlassen hat?

Mittlerweile lag Lenis Kopf eng zwischen Saras Brüsten. Der Kleinen waren endgültig die Augen zugefallen. Eine Gruppe Mädchen fiel Sara auf, da sie alle knallig-farbige Miniröcke und enganliegende Kurzarmshirts trugen, die ihre gebräunten Arme und Beine freilegten. Dahinter kam die Hauptdarstellerin von den Polaroids durch die Tür. Keines der Mädchen der vorangegangenen Clique beachtete sie. Sie wirkte wie ein Fremdkörper auf dem Schulhof. Blasse Haut, dunkel umrahmte Augen, ein schwarzer Pulli, hellblaue Jeans und blutrote Sneakers. Auf den Rücken geschnallt trug sie einen schwarzen Rucksack.

Sara setzte sich in Bewegung, sie ging auf die Jugendliche zu, die mit langsamen Schritten den Abstellplatz für die Fahrräder anvisierte.

Wie soll ich sie ansprechen?

Saras Schritte wurden langsamer.

Du hast über zwei Stunden Zeit gehabt, dir darüber den Kopf zu zerbrechen.

Sara blieb stehen.

Schon, es ist dir aber nichts eingefallen, was sie nicht gleich veranlassen wird, abzublocken und dicht zu machen.

Die Schülerin, die nun noch zerbrechlicher auf Sara wirkte, kam beim Abstellplatz an. Sie nestelte am Sicherheitsschloss ihres Rades herum. Als sie ihr Bein über den

Reifen schwang und sich auf den Sattel setzte, traf sich ihr Blick kurz mit dem Saras. Statt die Gunst des Augenblicks zu nützen, drehte sich Sara weg. Mit ihrer Hand strich sie Leni beruhigend über den Kopf.

»Alles gut«, flüsterte sie. »Schlafe nur weiter, wir mischen uns nicht in fremde Angelegenheiten ein. Daria hat schon recht, so etwas bringt uns nur Probleme ein, da halten wir uns besser raus.«

38

»Dieses Schwein!«

Elfriede Auers Lippen bebten. Sie stand rechts neben Leitner und starrte auf den Bildschirm. Als Hintergrundmusik war klassische Musik zu hören. Das Video war eindeutig in Schwarzmüllers Schlafzimmer aufgenommen worden. Das Mädchen lag auf dem Rücken, den BH hatte sie sich bereits ausgezogen, jetzt hob sie ihre Hüfte und danach die Füße an und streifte sich ihr schwarzes Höschen ab. Unsicher sah sie währenddessen in die Kamera.

»Spreiz die Beine.«

Das Mädchen befolgte die Anweisung des Kameramanns. Ihre Intimzone war in Nahaufnahme zu sehen.

»Dieses Schwein!«, wiederholte Auer.

Die Kriminaltechnikerin hatte das Passwort Schwarzmüllers geknackt. Bei der Analyse der vorhandenen Dateien war sie auf mehrere Videos gestoßen.

»Ist er auch selbst zu sehen?«

Auer verneinte Leitners Frage. »Die Filme zeigen das Mädchen bei der Selbstbefriedigung.«

Wie zur Bestätigung von Auers Aussage erkannte Leitner, dass das Mädchen nun einen Vibrator in ihrer Hand hielt. Die Inspektorin drückte auf das Stoppzeichen, dann klickte sie das Video ganz weg.

Sie ist noch so jung, ging es ihr durch den Kopf. *Aber sie ist bereits eine Frau. Teenagermädchen haben Geschlechtsverkehr. Sex mit gleichaltrigen oder mit zwei bis drei Jahren älteren Jungs. Schwarzmüller war aber dreimal so alt wie sie und mit hoher Wahrscheinlichkeit ist er auch noch ihr Lehrer gewesen! Daher ist das strafbar, was er getan hat!*

Leitner atmete hörbar aus. »Ist der ballistische Befund fertig?«, wollte sie danach von Auer wissen.

»Noch nicht, aber spätestens morgen.«

»Vergleiche die Projektile mit denen, die wir in Sankt Georgen sichergestellt haben.«

»Hätte ich sowieso gemacht.«

Jetzt bitte nur nicht wegen meiner Bevormundung sauer sein.

Leitner nickte, ging aber nicht auf Elfriede Auers Kommentar ein. »Die Tatorte liegen einfach zu eng beisammen. Es kann Zufall sein, oder auch nicht«, erklärte sie.

Während Auer nickte, verselbstständigten sich Leitners Gedanken. *Eine Sara ist Schwarzmüllers Vormieterin gewesen. Hat gar Sara Buchner zuvor in Schwarzmüllers Wohnung gelebt?* Leitner brauchte möglichst bald Gewissheit. Sie verabschiedete sich von Auer und schritt im Eiltempo zu ihrem Büro. Kurz darauf hatte sie die Bestätigung vom Melderegister. *Sara Buchner ist tatsächlich Schwarzmüllers Vormieterin gewesen.* Leitner wählte Auers Nummer.

»Lange nicht gesehen«, meldet sich die Technikerin.

»Beschleunige den Abgleich der Projektile. Ich brauche noch heute den ballistischen Bericht im Vergleich zu den Kugeln, die Alois Holzer getötet haben.«

Kurze Stille. Dann ein »Geht klar«.

»Ruf mich sofort am Handy an, ich bin auf dem Weg zu Sara Buchner.«

Auers Lebensgefährte Huber ermittelte an diesem Tag noch in Amstetten. Huber versuchte weitere Nachbarn und Arbeitskollegen Schwarzmüllers zu befragen. Nur für einen Augenblick dachte Leitner daran, Huber zu Sara Buchner zu schicken, sie verwarf den Gedanken jedoch sofort wieder. Stefanie Leitner wollte unbedingt selbst die Reaktion der alleinerziehenden Mutter hautnah miterleben, wenn sie erfuhr, dass ihr Nachmieter einem Gewaltverbrechen zum Opfer gefallen war.

Zu viele Tote säumen deinen Weg. Das kann kein Zufall sein. Da geht etwas nicht mit rechten Dingen zu. Mit Notwehr kommst du bei Schwarzmüller nicht durch.

39

Leni jauchzte vor Vergnügen und übertönte dabei die Geräusche aus Darias Schlafzimmer. Sara schubste ihre Tochter kräftiger an, sodass diese noch höher schaukelte. Der Sonnenhut aus weißem Stoff drohte vom Kopf des Mädchens zu rutschen, noch schützte er die empfindliche Haut jedoch vor den Sonnenstrahlen.

Grashalme kitzelten die Zehen Saras, sie streckte ihrer Tochter wieder das gelbe Papier des Ricola-Zuckerls entgegen. Leni griff danach, als der Weg der Schaukel die Kleine wieder nahe an ihre Mutter heranführte. Einmal zog Sara das bunte Papier im letzten Moment weg und neckte damit ihre Tochter, beim zweiten Versuch überließ sie Leni dann aber das dünne Papier, und die Kleine jubilierte ob ihres Erfolgs. Das Zuckerl selbst war schon längst in Saras Mund, der süßliche Kräutergeschmack bis in ihren Rachen vorgedrungen.

Mit einem schelmisch wirkenden Lächeln ließ Leni nun das gelbe Papier auf den Rasen unter die Schaukel fallen. Dann verfolgte die Kleine entzückt, wie Sara sich bückte, dabei versuchte von der Schaukel und den Füßen Lenis nicht getroffen zu werden, und gleichzeitig das zum Spielzeug umfunktionierte Papier wieder aufzuheben.

Leni war nun ganz still, sie verfolgte jede Bewegung ihrer Mutter, nur die Schaukel quietschte. Aus Darias Wohnung war umso deutlicher zu hören, dass sich die Bulgarin mit einem Mann vergnügte.

Schon bald muss ich Daria bitten, die Fenster zu schließen oder leiser zu sein. Noch will Leni Gott sei Dank nicht wissen, was sich da nebenan abspielt. Sara erwischte das Papier, ohne von Lenis Füßen getroffen zu werden, sie trat noch immer gebückt mehrere Schritte zurück, dann richtete sie sich auf. Zeitgleich ertönte die Klingel der Eingangstür.

»Tut mir leid! Wir müssen kurz unterbrechen.« Behutsam stoppte Sara die Schaukel. »Wir machen ja gleich weiter«, beruhigte sie ihre Tochter, als sie merkte, dass diese dagegen rebellieren wollte, aus dem kleinkindgerechten Sitz der Holzschaukel gehoben zu werden. Beide Hände der Kleinen krallten sich am hölzernen Pferdekopf der Schaukel fest. Nochmals ertönte die Klingel. »Du hörst ja selbst, wir bekommen Besuch.«

Leni nickte, sie ließ den Holzkopf los und streckte ihre beiden Arme Sara entgegen.

Hätte ich doch nur die Klingel ignoriert, dachte Sara, als ihr fünf Minuten später Inspektorin Leitner in ihrem Wohnzimmer gegenüber hockte und sie gleichzeitig versuchte, Leni mit einem Buch über Zootiere bei Laune zu halten.

»Ja, Schwarzmüller ist mein Nachmieter, wieso?«

»Als ich zuletzt bei Ihnen war, musste ich wegen einem weiteren Mord weg. Es handelte sich um Schwarzmüller. Er ist in seiner Wohnung ermordet worden.«

Sara war sich bewusst, dass die Inspektorin jede Reaktion von ihr genau beobachtete. Trotzdem ersparte sie es sich, ihr etwas vorzuspielen.

»Mama«, sagte Leni.

»Genau, das ist die Löwenmama, rooaar!«, ahmte Sara das Gebrüll eines Löwen nach. »Dem Schwarzmüller weine ich keine Träne nach«, sagte sie danach zu Leitner.

Leni blätterte um.

»Wieso nicht?«

»Er hat mich um meine Ablöse geprellt.« *Das erfährt sie sowieso.* Sara schaute der Inspektorin in die Augen. »Ich habe ernsthaft darüber nachgedacht, mich an ihm zu rächen. Eine alleinerziehende Mutter um ihr Geld bringen, das tut man nicht. Aber ich bin es nicht gewesen. Jemand anderer ist mir zuvor gekommen.«

»Das soll ich Ihnen glauben?«

»Papa.«

»Genau, ein Papaelefant, torrööh!«, ahmte Sara nun einen Elefanten nach.

Leni machte das Zeichen für Milch, indem sie die Finger ihrer rechten Hand mehrmals hintereinander zur Faust schloss und dann wieder öffnete.

»Ich muss Leni kurz stillen.«

»Bitte.«

Sara öffnete den Verschluss ihres Tops und ließ Lenis Lippen andocken.

Was mache ich nur?
Die Inspektorin verdächtigt mich.
Sie wird Spuren finden.
Was, wenn mich sogar jemand gesehen hat?

Sara nahm sich ein Herz: »Schwarzmüller ist auf junge Mädchen gestanden«, erklärte sie.

Leitner reagierte nicht.

»Würde mich nicht wundern, wenn er eine seiner Schülerinnen missbraucht hat.«

Noch immer erkannte Sara keinerlei Regung in Inspektorin Leitners Gesicht.

»Vielleicht hat ihn ja der Vater eines der Mädchen ermordet.«

Wenn alle Stricke reißen, muss ich doch noch die Polaroids verwenden. Soll sie doch die Familie des Mädchens verdächtigen, und mich und Leni in Ruhe lassen!

Leitners Smartphone begann zu läuten. Sie schaute auf das Display. »Gleich weiß ich, ob ich Sie verhaften muss.«

Die Inspektorin stand auf und nahm das Gespräch an.

Nervös strich Sara Leni über ihren Kopf, während diese versuchte die letzten noch vorhandenen Tropfen Milch aus dem Busen ihrer Mutter zu saugen.

Mehrmals sagte Leitner »verstehe«, dann stellte sie die Frage: »Ist das absolut sicher?«

Sara sah die Inspektorin nicken und dann auflegen. Ernste Augen blickten Sara entgegen. Leitner trat näher heran. »Noch haben Sie Glück gehabt. Für eine Anklage haben wir derzeit zu wenige Beweise«, sagte sie. Sara atmete erleichtert aus.

»Ich bin es nicht gewesen«, beteuerte sie. Noch immer strich sie mit ihren Händen über Lenis Kopf. Bevor Leitner antworten konnte, meldete sich wieder ihr Telefon.

40

Eindeutig stand Hubers Wagen auf einem der Parkplätze vor den Wohngebäuden. Stefanie Leitner war versucht, an Daria Ivanovas Tür Sturm zu läuten und ihren Kollegen aufzuscheuchen. Leitner musste jetzt Hubers Aufgabe übernehmen, da die Inspektionskommandantin Sankt Georgens ihren lieben Herrn Kollegen nicht am Diensthandy erreichen konnte und auch nicht wusste, wo sich Huber aufhielt.

Stefanie Leitner beschloss, Huber und sich selbst die Peinlichkeit zu ersparen und ihren Kollegen nicht bloßzustellen.

Ich will Elfriede Auer einfach nicht belügen.

Das ist der wahre Grund.

Mit einem Seufzer auf den Lippen setzte sie sich hinter das Lenkrad ihres Wagens und fuhr los. Im zweiten Gang lenkte sie das Auto abwärts, rechter Hand lag der alte Bauernhof, davor stand ein alter Traktor auf der Schotterstraße. Mehrere Hennen liefen hinter einem Zaun umher und erinnerten Leitner an die Fundstelle des Leichnams von Estera Ionescu. Als sie in den Kreisverkehr einfuhr, irritierte sie kurz die Skulptur des Reiters, der Mitte des Runds einen für Leitner nicht identifizierbaren Feind bekämpfte. Doch bevor sie sich darüber weiter den Kopf zerbrechen konnte, verließ sie den Kreisverkehr an der dritten Ausfahrt. Rechter Hand befand sich der Einkaufsladen. Wohngebäude folgten, aber schon nach wenigen Metern parkte sich Leitner vor dem Polizeigebäude ein.

Mehrmals atmete sie ein und aus. Sie musste sich sammeln, würde sie doch in wenigen Sekunden den Eltern des ersten Opfers, den Ionescus, gegenübertreten.

Alois Holzer ist nicht mit derselben Waffe wie Schwarzmüller erschossen worden.

Stefanie Leitner ließ sich die Information, die ihr Elfriede Auer telefonisch übermittelt hatte, nochmals durch den Kopf gehen.

Stattdessen hat Auer herausgefunden, dass Estera mit derselben Waffe wie Schwarzmüller ermordet worden ist. Mit sehr hoher Wahrscheinlichkeit, hat Auer gesagt. Zu einem Hundertprozentig lassen sich die Techniker in so einem Fall ja kaum hinreißen.

Leitner seufzte. »Damit war so überhaupt nicht zu rechnen«, sagte sie halblaut zu sich selbst.

Was verbindet die Stripperin mit dem Lehrer?

Ist auch Schwarzmüller einer ihrer Kunden gewesen?

Da der Motor nicht mehr in Betrieb war, stand auch das Gebläse des Autos still. Leitner fühlte, wie eine Hitzewallung in ihrem Körper einen unmittelbar bevorstehenden Schweißausbruch ankündigte. Nicht nur die hohen Temperaturen, sondern auch die ungelösten Fragen wären dafür verantwortlich.

Vielleicht wissen ja Esteras Eltern doch etwas.

Leitner stieß die Autotür auf. Viel Hoffnung hegte sie nicht, dass ihr die nach wie vor in Rumänien wohnhaften Ionescus bei der Lösung der Fälle weiterhelfen konnten. *Noch eine trauernde Familie, die neben ihrem Kind sogar noch ihre Haupteinnahmequelle verloren hat. Da heißt es behutsam vorgehen.*

Als Leitner Esteras Mutter wenig später die Hand reichte und ihr Beileid ausdrückte, wusste sie, wer deren Tochter das schöne Äußere vererbt hatte.

Zur besonderen Ausstrahlung Esteras und dem selbstbewussten Auftreten, die letztendlich den wahren Unterschied zu den anderen Stripperinnen ausmachten, haben mit Sicherheit aber auch seine Gene beigetragen.

Tief liegende Augen, die bis in Stefanie Leitners Innerstes zu blicken schienen und von buschigen Augenbrauen umgeben waren, musterten die Inspektorin, als sie Esteras Vater ihr Beileid aussprach.

Vater, Mutter, Leitner und Umetzberger setzten sich in der umfunktionierten Küche an den Tisch.

»Estera ist schon immer ein Wildfang gewesen, nicht zu bändigen«, erzählte der Vater. Genauso wie die Mutter Esteras sprach er perfektes Hochdeutsch.

Estera hat ihre Familie anscheinend gut versorgt. Das schwarze Kleid, die weiße Bluse und die Perlenkette kosten bei uns ein Vermögen. Wenn Herr Ionescu keinen Designeranzug trägt, dann heiße ich Hase.

»Estera wollte unbedingt auf eigenen Beinen stehen. Da war nichts zu machen«, erklärte Frau Ionescu. »Sie hätte mit ihrem Bruder später einmal unsere Firma übernehmen können.«

»Sie hätte bitte was?« Mit einem Mal war Stefanie Leitner hellhörig.

»Wir haben einen Betrieb. Haben Sie das nicht gewusst? Bei Ihnen sagt man wohl Schlosserei dazu. Wir arbeiten viel für deutsche und österreichische Firmen. Auch Italiener. Insgesamt beschäftigen wir an die hundert Personen.«

Leitner konnte es nicht fassen. Sie war sprachlos. Umetzberger hielt es neben ihr kaum mehr auf ihrem Sessel. »Heißt das etwa, Estera hat Ihnen kein Geld nach Rumänien geschickt?«, wollte die Inspektionsleiterin wissen.

Nun waren es die beiden Eltern der Toten, die schockiert dreinschauten.

»Estera hätte uns Geld schicken sollen? Nein, wir haben sie unterstützen wollen, hätten ihr gerne ein Studium finanziert. Aber Estera wollte kein Geld von uns.«

Das darf doch alles nicht wahr sein! Da zieht sich die junge Frau aus, vögelt sogar ihre Kunden, prostituiert sich dabei, und das, obwohl sie es finanziell gar nicht nötig gehabt hätte! Dann wird sie ermordet.

Schwarzmüller und Estera sind mit derselben Waffe erschossen worden. Das ergab zumindest mit hoher Wahrscheinlichkeit der ballistische Befund. Alois Holzer taucht nur Minuten, nachdem Schwarzmüller erschossen worden ist, bei Daria Ivanova auf und bedroht sie mit einem Gewehr. Hätte er Estera und dann auch Schwarzmüller mit einer Pistole – warum auch immer – erschossen, wäre er doch sicher auch mit derselben Waffe bei Daria aufgekreuzt.

Alois Holzer ist es nicht gewesen.

Er hat Estera nicht ermordet.

Schon gar nicht Schwarzmüller.

Wir müssen unbedingt das Mädchen von dem Video finden. Vielleicht ist sie ja das fehlende Bindeglied zwischen allem.

Leitner fühlte mit einem Mal, dass sie von mehreren Augenpaaren angestarrt wurde. Sie schüttelte entschuldigend den Kopf und zwang sich, wieder Esteras Eltern zuzuhören.

41

Richtiggehend ein Stein war Sara vom Herzen gefallen, nachdem Inspektorin Leitner aus ihrer Wohnung verschwunden war. Vor und während des ersten Anrufes, den die Inspektorin erhalten hatte, war zu befürchten gewesen, dass sie von der Ermittlerin noch am selben Tag in Handschellen abgeführt werden würde.

Was habe ich mir nur dabei gedacht? Bei Schwarzmüller einzubrechen, sein Geld und die Polaroids zu stehlen und dann nochmals in meine alte Wohnung zu gehen, mit dem Vorsatz ihn … um ihn umzubringen. Kein Wunder, dass sie irgendwann auf mich stoßen. Ich im Fokus der Ermittlungen. Aber ich bin es nicht gewesen. Für einen Mord, den ich nicht begangen habe, gehe ich nicht hinter Gitter. Schwarzmüller ist ein Scheusal sondergleichen gewesen. Es muss einfach jede Menge Personen in seinem Umfeld geben, die ihn tot sehen wollten. Ich bin mit Sicherheit nicht die Einzige gewesen.

Leni lag neben Sara im Bett. Die Kleine schwitzte wegen der Hitze im Zimmer. Nach dem überhasteten Aufbruch Leitners war Leni reif für ein Schläfchen gewesen. Sara hatte ihre Tochter geschnappt, zu sich ins Bett befördert, die Kleine hatte wie gewohnt einige Minuten an ihrem Busen gesaugt und war dann eingeschlafen. Obwohl das Schlafzimmerfenster geöffnet war, zirkulierte die Luft kaum und der muffige Geruch setzte sich mehr und mehr fest. Doch Saras Gedanken kreisten nicht um die Bettwäsche, die wieder einmal gewechselt gehörte, alles in ihrem Gehirn drehte sich um Inspektorin Leitner, Schwarzmüller und die Morde.

Sara brauchte Ablenkung. Sehnsüchtig fixierte sie mit ihrem Blick das Nachtkästchen, doch sie konnte die Frauenzeitschrift, die darauf lag, nicht mit ihrer Hand greifen und wagte auch nicht, ihre Position zu verändern, da dann unweigerlich Leni aufwachen und zu weinen beginnen würde. Das Gezeter wollte sie sich ersparen.

Die Klingel der Nachbarwohnung riss Leni kurz aus dem Schlaf. Sara strich ihrer Tochter beruhigend über die Haare. »Alles in Ordnung«, murmelte sie der Kleinen ins Ohr. Das Mädchen schloss ihre Augen wieder. Durch das geöffnete Fenster drang eine Frauenstimme bis ins Schlafzimmer. Immer aufgeregter klang sie in Saras Ohren, verstehen konnte sie jedoch kein Wort.

Der Schuss ließ Sara zusammenzucken und gleichzeitig vor Schmerz aufschreien. Leni hatte vor Schreck in Saras Brustwarze gebissen. Die Kleine weinte lauthals. Der zweite Schuss erfolgte nur wenige Augenblicke nach dem ersten und ließ Leni verstummen.

Sara richtete sich im Bett auf, sie drückte Leni an ihre Brust und versuchte das warme Rinnsal, das von ihrer Brustwarze über ihren Bauch floss, zu ignorieren. Vor Schmerzen biss sie die Zähne zusammen. Eine Haustür quietschte. Dann wurde eine Autotür zugeworfen und der Motor gestartet.

Sara lauschte gebannt.

Das Motorengeräusch wurde leiser und war schließlich nicht mehr zu hören.

»Komm, wir müssen nach Daria sehen!«

Leni war hellwach. Überraschenderweise protestierte sie nicht, als Sara sie aus dem gemeinsamen Bett hievte. Ihre kurzen Hosen hatte Sara ohnehin angelassen, nur die Träger ihres Tops musste sie wieder richten, danach lief sie mit Leni an ihre Hüfte gedrückt zur Eingangstür. Vorsichtig lugte sie nach draußen. Niemand war zu sehen. Alles war vollkommen ruhig. Alle anderen Nachbarn waren scheinbar ausgeflogen oder hatten nichts mitbekommen. Barfuß lief Sara den kurzen Weg zu Darias Eingangstür.

»Daria?«

Sara drückte die Türklinke hinunter. Es war nicht abgeschlossen. Langsam stieß sie die Tür auf und trat ein. Der Geruch kam ihr vertraut vor. Er setzte sich mit einer Penetranz in ihrer Nase fest, die sie schon von Schwarzmüllers Wohnung kannte.

Auch als ich den alten Holzer erschossen habe, hat es ähnlich gerochen.

»Daria?«, rief sie noch einmal. Gleichzeitig drückte Sara Lenis Kopf gegen ihre Brust, sodass diese nichts zu sehen bekommen konnte, was nicht für Kinderaugen bestimmt war.

Ich sollte umdrehen und die Polizei rufen.

Doch Sara entschied sich dagegen. Daria war eine gute Freundin. Ihr, Leni und sich selbst war Sara es schuldig, dass sie jetzt nicht zögerte, sondern schnell handelte.

42

Mit heruntergelassenen Hosen nicht nur erwischt, sondern von uns gegangen. Das Leben bis zum bitteren Ende voll ausgekostet. Stefanie Leitner spürte, wie ihr Körper von der Schädeldecke bis zu ihren Zehenspitzen ein unkontrollierbares Zittern durchfuhr. Auch wenn sie den Lebensstil ihres Kollegen nicht gutgeheißen hatte, so hatte sie mit Martin Huber doch viel Zeit verbracht und ihn nun so vor sich zu sehen, setzte ihr zu.

Das hast du nicht verdient.

Das ist einfach zu viel der Strafe fürs Fremdgehen.

Wir leben nicht in Saudi-Arabien.

Hättest du doch nur dieses eine Mal darauf verzichtet.

Mensch, Martin, nur einmal treu sein und nichts mit einer Verdächtigen in einem Mordfall anfangen. War das denn so schwer? Alles wäre noch in Ordnung. Wir würden gemeinsam hier stehen und uns fragen, wieso nun auch Daria daran glauben hat müssen.

Huber lag in seinem eigenen Blut unter dem Türstock zu Darias Schlafzimmer. Er war nackt. Daria trug immerhin einen schwarzen BH und einen dazu passenden Slip unter einem weißen Bademantel. Der Täter hatte die Bulgarin noch im Vorzimmer erschossen.

Wahrscheinlich hat sie ihm sogar die Tür geöffnet.

»Wo ist Martin?«

»Nicht!«

Stefanie Leitner drehte sich um, stieg über die Tote und ging Richtung Eingangstür.

»Erspar dir den Anblick! Nimm dir frei!«

Mit ausgebreiteten Armen versuchte Leitner die Verlobte Hubers aufzuhalten. »Mach es dir nicht noch schwerer!«

Elfriede Auer landete in Leitners Armen. Sie beugte ihren Kopf zur Seite, erhaschte mit Sicherheit einen Blick auf den Toten. Sie schluchzte. »Wieso? Wieso hat er das getan?«

Die Kriminaltechnikerin sank in sich zusammen. Stefanie Leitner konnte sie nicht festhalten. Sie hockte sich neben Auer auf den Boden, legte einen Arm um ihre Schulter und zog sie an sich. Deutlich spürte sie, wie ihr Körper bebte.

»Wieso?«, wiederholte sie.

Beruhigend strich ihr Stefanie Leitner über den Rücken.

»Ich weiß es nicht«, flüsterte sie. »Ich weiß nur, dass wir seinen Mörder finden werden. Das schwöre ich.«

Nachdem Leitner Elfriede Auer dazu bewegt hatte, den Tatort wieder zu verlassen und die Gerichtsmedizinerin Heiß den Abtransport des toten Liebespaares freigegeben hatte, nahm die Spurensicherung mittlerweile Darias Wohnung bereits zum dritten Mal unter die Lupe.

Leitner war erschöpft und ausgelaugt. Sie leitete aber die Ermittlungen in diesen Mordfällen, daher blieb ihr nichts anderes übrig, als weiterzumachen. Sie ging wieder zu Sara Buchner, da diese die Schüsse gehört und die Polizei informiert hatte. Ein weiteres Mal saß sie der alleinerziehenden Mutter in der nun schon vertrauten Umgebung gegenüber. Leni blätterte im selben Buch vom Zoo, das sie schon am Vormittag begutachtet hatte.

»Sie haben also zwei Schüsse gehört.«

Sara nickte kaum merkbar. Sie wirkte noch immer geschockt.

»Wir waren im Schlafzimmer. Leni hielt ihr Schläfchen, nachdem Sie gegangen waren.«

»Sie haben sofort die Polizei angerufen?«

Nun schüttelte Sara ihren Kopf. »Es hat sicher ein paar Minuten gedauert«, erklärte sie. »Wir sind oben gewesen. Das Handy hat im Wohnzimmer gelegen. Leni hat geweint. Ich habe sie erst beruhigt. Dann bin ich mit ihr runter und hab angerufen.«

Zu viele Morde in Sara Buchners Umgebung. Das habe ich mir schon vor einigen Stunden gedacht. Nun sind nochmals zwei Tote dazugekommen.

»Das mit Ihrem Kollegen tut mir leid.«

Sara Buchner kämpfte sichtlich dagegen an, in Tränen auszubrechen.

»Mir tut es um Daria leid. Ich weiß, sie ist eine Freundin von Ihnen gewesen. Sie haben sie vor Alois Holzer beschützt.«

Mehrmals schluchzte Sara, sie konnte nichts sagen.

»Papa«, sagte Leni.

»Papa«, wiederholte die Kleine nochmals, als ihre Mutter nicht sofort reagierte. Leitner sah, wie sich Sara Buchner bemühte, ein Lächeln in ihr Gesicht zu zaubern.

»Stimmt, das ist ein Papalöwe«, bestätigte die Mutter ihrer Tochter, deren Finger auf den Löwen mit der Mähne zeigte.

43

Mittlerweile waren Ferien. Nur unter Androhung eines Skandals hatte sich Direktor Weinzettel dazu bewegen lassen, sich mit Leitner in seinem Arbeitszimmer der Berufsschule in Amstetten zu treffen. Im roten Poloshirt in Übergröße und kurzen blauen Hosen saß der Herr Direktor Stefanie Leitner gegenüber. *Herausgeputzt hat er sich nicht gerade für unser Gespräch,* dachte die Inspektorin.

»Was gibt es denn so Wichtiges, dass ich nicht einmal einen Tag meinen wohlverdienten Urlaub genießen kann?«, fragte Weinzettel und zeigte Leitner damit deutlich seinen Unmut.

»Herr Direktor, mein Kollege wurde ermordet, ersparen Sie mir also bitte Ihr Gejammer! Das halte ich im Moment nicht aus.«

Weinzettel schluckte. »Mein Beileid«, presste er schließlich hervor.

»Danke.«

»Ich bezweifle allerdings, dass ich etwas zur Aufklärung betragen kann.«

Leitner rutschte auf ihrem Sessel nach vorne.

»Da täuschen Sie sich hoffentlich.«

Die Inspektorin holte die vorbereitete Mappe aus der Aktentasche. Sie legte sie auf Weinzettels Schreibtisch. »Das hier ist doch eine Schülerin Ihrer Einrichtung, oder etwa nicht?« Mit der rechten Hand schlug Leitner die Abdeckung der Mappe zurück. Das erste Bild zeigte Schwarzmüllers junge Gespielin. Eine Nahaufnahme von ihrem blassen Gesicht, das von einem der Videos auf Schwarzmüllers Computer stammte. Die nackten Tatsachen, die Elfriede Auer und sie so schockiert hatten, musste sie dem

Direktor nicht auf die Nase binden. Außerdem wäre es ein Eingriff in die Intimsphäre des Mädchens.

»Was ist mit ihr?«

»Sagen Sie mir einfach, ob das Mädchen eine Schülerin von Ihnen ist.«

»Warum?«

»Das geht Sie nichts an.«

»Was hat sie denn ausgefressen?«

Leitner versteifte sich. Sie war knapp davor, den unkooperativen Direktor anzuschreien. Ihre Neven lagen blank.

Bleib ruhig, mach deinen Job, wie sonst auch.

Das bist du Martin und den anderen Opfern schuldig.

Nur so kannst du den Fall lösen.

»Ist sie nun eine Schülerin von Ihnen oder nicht?«, fragte Stefanie Leitner so unaufgeregt wie möglich.

»Ja, sie geht hier zur Schule«, bestätigte Weinzettel.

Offenbar hat er gemerkt, dass ich kurz davor bin zu explodieren.

»Wie heißt sie?«

»Als ob ich jede meiner Schülerinnen beim Namen kenne.«

Jetzt hält mich der schon wieder zum Narren. Das ist doch zum Aus-der-Haut-Fahren!

»Den Namen, oder soll ich Sie ins LKA vorladen lassen?!« Leitners laute Stimme ließ Weinzettel kurz zusammenzucken, aber er gab nicht klein bei. »Hatte Sie etwas mit Schwarzmüller?«, wollte der Direktor wissen, ohne ihre Frage zu beantworten.

Ruhig.

Ganz ruhig bleiben.

Ich sitze am längeren Ast.

Stefanie Leitner stand auf und schaute auf den noch immer in seinem Sessel lümmelnden übergewichtigen Koloss hinab. »Sagen Sie mir einfach, wie sie heißt und wo sie wohnt, sonst sorge ich dafür, dass Sie wegen Behinderung der Ermittlungen in einem Mordfall angeklagt werden.«

Weinzettel war mit einem Mal bleich im Gesicht.

»Tina, Tina Schütz, Sankt Georgen am Ybbsfelde. Die genaue Adresse weiß ich wirklich nicht.«

»Na geht doch. Danke und noch schöne und erholsame Ferien.«

Schon als sie zur Tür hinauslief, ärgerte sich Leitner über sich selbst.

Ich hätte einfach Umetzberger die Fotos zeigen sollen, die hätte das Mädchen wahrscheinlich sofort erkannt und ich hätte mir dieses nervende Gespräch mit dem unkooperativen Staatsdiener erspart. Andererseits, wie hätte ich wissen sollen, dass sie aus Sankt Georgen stammt? So unwahrscheinlich ist es nun auch wieder nicht gewesen. Egal, jetzt gilt es, mit ihr und ihren Eltern zu reden. Behutsam vorzugehen. Sie nicht zu verschrecken. Ob ich dafür heute noch die Nerven aufbringe? Ich bin es den Toten schuldig. Muss so schnell wie möglich Licht ins Dunkel bringen. Die Fälle lösen. Das Mädchen ist der Schlüssel.

44

Stefanie Leitner schätzte Herrn Schütz auf an die fünfzig Jahre. Als Angestellter der lokalen Bank trug er natürlich einen dunklen Anzug. Der Banker bat Leitner nicht ins Einfamilienhaus, das in den Achtzigern erbaut worden sein musste. Ein Gartenzwerg lag seitlich neben Leitner im Rasen. Die Sonne brannte auf ihren Rücken.

»Wir haben Anzeige erstattet, aber nichts ist geschehen.«

»Sie haben was?« Leitner glaubte, sich verhört zu haben.

»Ich und meine Frau haben Anzeige erstattet.«

»Bei wem?«, wollte die Inspektorin wissen.

»Unserer Postenkommandantin. Wem sonst? War aber eine Enttäuschung.«

»Inwiefern?«

»Die gute Umetzberger konnte nichts tun. Unsere Tina hat ja alles abgestritten, sie wollte den guten Herrn Lehrer auch noch schützen!«

Zu viele gute Menschen, dachte Leitner.

»Da haben Sie selbst für Gerechtigkeit gesorgt.«

Schütz schüttelte entschieden seinen Kopf. »Haben Sie eine Tochter?«, wollte er von Leitner wissen.

»Nein.«

»Dann können Sie sich gar nicht vorstellen, wie es in mir rumort hat. Ein Kerl, so alt wie ich, fickt meine sechzehnjährige Tochter. Der ist auch noch ihr Lehrer, ihre Vertrauensperson, und niemand kann etwas dagegen tun.«

»Wie sind Sie denn dahintergekommen?«

»Ich habe Tina gesehen, wie sie gemeinsam mit ihm in seine Wohnung ist. War Zufall. Tina konnte mir nichts vormachen. Mir gegenüber hat sie es nicht einmal abgestritten, als wir dann bei Umetzberger waren, hat sie den Unhold aber geschützt.«

»Ihre Tochter hat ihn vielleicht wirklich geliebt.«

Stefanie Leitner spürte, wie ihre Bluse an ihrem Rücken festklebte. Noch immer schmorte sie in der prallen Sonne. Schütz hingegen spendete der Türrahmen Schatten.

»Der Kerl ist Gift für Tina gewesen. Sie war dabei, langsam vor die Hunde zu gehen. Ich habe es nicht mehr mitansehen können.«

»Daher haben Sie selbst für Gerechtigkeit gesorgt.«

Diese Idylle. Perfekte Umgebung, um ein Kind großzuziehen. Dann die Katastrophe. Alles wird zerstört. Der Vater ein Mörder.

»Nur zu gerne hätte ich ihn mit bloßen Händen erwürgt. Das bestreite ich auch nicht, aber ich bin es nicht gewesen. An dem Tag, als das Schwein sein verdientes Ende gefunden hat, bin ich den ganzen Tag bei einer Schulung in Sankt Pölten gewesen.«

»Zeugen?«

»Fünfzehn Kollegen aus den anderen Filialen.«

Verdammt!

»Ihre Frau?«

»Arbeitet beim Interspar. Bis achtzehn Uhr ist sie dort gewesen. Fragen Sie ihren Chef.«

Bleibt nur mehr Tina. Nur, wieso sollte sie Schwarzmüller erschießen? Und all die anderen Opfer?

»Ich werde Ihr Alibi überprüfen. Außerdem muss ich mit Tina sprechen.«

»Sollte das nicht besser jemand machen, den sie kennt und dem sie vertraut? Tina ist im Moment sehr verletzlich.«

Keine schlechte Idee.

Nur wer?

Umetzberger?

Die hat mir gegenüber sogar verheimlicht, dass Anzeige gegen Schwarzmüller erstattet worden ist!

Wieso hat sie mir das mit der Anzeige nicht erzählt?

Steckt da mehr dahinter?

45

»Haben Sie gewusst, dass Esteras Eltern wohlhabend sind?«

»Geahnt habe ich es. Man merkt es den meisten Mädchen an, dass sie nur versuchen dazuzugehören. Bei Estera ist es von Anfang an anders gewesen. Sie hat nicht nur dazugehört, sondern sie ist in der sogenannten besseren Gesellschaft in ihrem Element gewesen. So als hätte sie von Geburt an nichts anderes gekannt.«

»Verstehe.«

Die Luft war vom Zitronenduft geschwängert, der durch die Klimaanlage im ganzen Raum verteilt wurde. Stefanie Leitner versuchte sich nicht von der Blondine ablenken zu lassen, die sich gerade auf der Bühne des Striplokals kunstvoll zur Klaviermusik entblätterte.

Ihr Besuch in genau diesem Schuppen war schon längst überfällig. Bis vor wenigen Stunden war der Fall Estera Ionescu jedoch auf Geheiß Böcks abgeschlossen gewesen. Doch Stefanie Leitners Kollege Martin Huber und Daria Ivanova waren mit annähernd hundertprozentiger Sicherheit mit derselben Waffe wie Estera Ionescu und wie Schwarzmüller erschossen worden.

Elfriede Auers Anruf und vor allem ihre Worte hallten noch immer in Leitners Ohren nach. Eigentlich hatte sie angenommen, die Kriminaltechnikerin wäre daheim bei ihrer Familie, oder bei Hubers Eltern. Stattdessen widmete sie sich hartnäckig der Aufklärung des Falles. Am Tatort hatte sie die Segel streichen und von dannen ziehen müssen. Zu nahe stand sie einem der Opfer. Im LKA ließ sie sich die Detailarbeit jedoch nicht abnehmen.

Stefanie Leitners Besuch in dem Stripclub in Ybbs war

tatsächlich überfällig. Dort hatte Estera vor dem Mostdance gearbeitet und ihre Spuren hinterlassen.

Martin hätte es hier geliebt. Überall halbnackte Frauen, die sich anbiedern.

Leitners Gegenüber wirkte eher wie ein seriöser Geschäftsmann und nicht wie ein Striplokalbetreiber, oder gar ein Zuhälter. In den Hinterzimmern des Etablissements warteten Prostituierte auf Kunden, die zuvor von den Stripperinnen aufgegeilt worden waren.

»Alles offiziell, alles ganz legal«, hatte der Herr des Hauses erklärt.

»Estera hat also für Sie gestrippt.«

»Sie ist die Beste gewesen, die ich je auf der Bühne hatte. So viele Kunden und vor allem so viel Umsatz wie Estera hat keine andere jemals erzielt.«

»Aber beim Strippen ist es nicht geblieben.«

Der Mann nickte. »Das wurde mehr und mehr ein Problem.«

»Inwiefern?«

»Hinten wollte sie nicht arbeiten. Dafür ist sie sich zu schade gewesen. Estera wollte keine normale Nutte sein.«

»Sie hat außerhalb des Clubs in die eigene Tasche gewirtschaftet«, folgerte Leitner.

»Stimmt … wenn es nur das gewesen wäre, hätte ich sogar darüber hinweggesehen.«

»Wo genau lag das Problem?«

Nun flüsterte der Mann. »Mehrere meiner Kunden sind ihr regelrecht hörig gewesen. Estera hat einen nach dem anderen bis aufs Hemd und sogar darüber hinaus ausgezogen.«

»Verstehe.«

Soweit nichts Neues. Das hatten wir auch in Amstetten.

»Namen, ich brauche Namen«, sagte Leitner. »Sie kennen doch sicher die Stammkunden. Die Opfer Esteras.«

Der Mann überlegte. Schließlich stimmte er zu. »Die kommen ohnehin nie wieder. Lecken noch immer ihre Wunden, haben kein Geld mehr, um sich bei mir zu vergnügen. Versprechen Sie mir aber, dass Sie niemandem sagen, dass ich geredet habe.«

Leitner nickte.

Raus mit der Sprache.

Der Stripclubbetreiber und Zuhälter nannte den ersten Namen, auch der zweite sagte Leitner nichts. Erst der dritte Name bestätigte ihre Befürchtungen.

46

Diesmal freute sich Stefanie Leitner schon fast darauf, in dem verspiegelten Verhörraum des LKA Sankt Pölten die Vernehmung durchzuführen. Franz Umetzberger hielt sich nur mit Gelegenheitsjobs mehr schlecht als recht über Wasser. Als sein Name im Striplokal in Ybbs gefallen war, hatte sich ihre Vermutung bestätigt. Nach einem längeren Gespräch hatte Direktor Böck dafür gesorgt, dass Franz Umetzberger in Untersuchungshaft genommen worden war.

Wie vermutet, hatte der sofort seine Schwester angerufen, die Inspektionsleiterin. Die beiden Geschwister saßen seit geraumer Zeit im Verhörraum und schwiegen sich an. Stefanie Leitner musterte sie durch den einseitig durchsichtigen Spiegel.

»Fangen Sie an«, befahl Böck. »Seien Sie unnachgiebig, gehen Sie langsam vor.«

Das brauchst du mir nicht sagen. Immerhin bin ich auf Franz Umetzberger gestoßen. Ihn zu verhören, war meine Idee.

Natürlich behielt Stefanie Leitner ihre Gedanken für sich. »Mache ich«, bestätigte sie ihrem Vorgesetzten. Dann öffnete und schloss sie jeweils zwei Türen nacheinander und begrüßte das Geschwisterpaar.

»Was soll das? Wieso nehmen Sie Franz fest? Warum waren Sie nicht erreichbar für mich?«, fuhr sie die Inspektionsleiterin Sankt Georgens an.

»Beruhigen Sie sich. Nehmen Sie Platz.«

»Ich will wissen, was Sie gegen Franz in der Hand haben!«

»Frau Kollegin, Sie wissen doch, wie es läuft. Ich stelle die Fragen, je besser Sie und Ihr Bruder kooperieren, desto schneller ist Ihr Bruder wieder zuhause.«

Die Polizistin trug Uniform. Ihre Waffe hatte sie abgeben müssen, bevor sie zu ihrem Bruder vorgelassen worden war. Stefanie Leitner konnte die beiden also gefahrlos bis aufs Blut reizen. Keiner der beiden würde wild um sich schießen. *So etwas kommt ohnehin nur in Amerika vor*, dachte die Inspektorin bei sich. Trotzdem war ihr wohler dabei, zu wissen, dass keine ernsthafte Gefahr von den beiden ausgehen konnte, vor allem, da auch sie selbst dem Geschwisterpaar unbewaffnet gegenüberstand.

»Nehmen Sie bitte Platz«, wiederholte Leitner.

Franz Umetzberger setzte sich als Erster. Das Gesicht des ehemaligen Bauern wirkte aufgedunsen. *Alkohol oder Medikamente,* schloss Leitner. Im Gegensatz zur schlanken Schwester war Franz Umetzberger übergewichtig. Die Gesichtszüge der beiden wirkten verbissen, nur daran erkannte ein Außenstehender mit viel Kombinationsgabe das Verwandtschaftsverhältnis zwischen den beiden.

»Also gut, fragen Sie.«

Resigniert setzte sich die Polizistin neben ihren Bruder.

»Das Gespräch wird aufgezeichnet«, begann Leitner. Langsam, nacheinander, stellte sie die Standardfragen zur Person Franz Umetzbergers. Danach folgte die Frage zu seinem Alibi für die Nacht, als Estera ermordet worden war.

Franz Umetzberger konnte oder wollte sich nicht erinnern. »Wahrscheinlich habe ich ferngesehen.«

»Denken Sie nach.«

»Das ist doch schon so lange her.«

»So lange nun auch wieder nicht.«

»Lassen Sie meinen Bruder in Ruhe! Was soll er überhaupt damit zu schaffen haben? Ist der Fall dieser elendigen Nutte nicht schon längst abgeschlossen?«

»Beruhigen Sie sich bitte.«

Weiterhin musterte Stefanie Leitner nur Franz Umetzberger. Der kämpfte sichtlich darum, seine Gesichtszüge unter Kontrolle zu halten.

»Estera ist keine Nutte gewesen«, presste der Bruder schließlich hervor.

»Die Schlampe hat mit unzähligen Männern gefickt, und das nur, um ihr Geld zu bekommen! Wie würdest du so eine sonst nennen? Sie war eine Nutte! Basta!«

Franz Umetzberger stand auf, sein Sessel ratterte dabei über den Boden. »Du weißt gar nichts!«, fuhr er seine Schwester an. »Ich habe Estera geliebt!«

»Du erbärmlicher Dummkopf!«

Auch die Schwester stand auf.

»Als du alles verloren hast, Haus und Hof verspielt, da hat sie dich einfach fallen lassen.«

»Du bist doch nur neidisch auf Estera gewesen!«

»Ich! Neidisch? Ha!«

»Ja, neidisch! Dich wollte ja keiner. Sie hat alle bekommen!«

Die Schwester setzte sich wieder. Sie sackte in sich zusammen. »Du hast ja keine Ahnung«, flüsterte sie.

Stefanie Leitner verhielt sich ruhig und verfolgte das Schauspiel, auf das sie von Anfang an gehofft hatte.

»Was heißt hier keine Ahnung?«, wollte der Bruder wissen.

»Ich wollte nie einen Mann, nie mehr seit …«

Franz Umetzberger schüttelte energisch seinen Kopf. »Das darf doch nicht wahr sein! Es ist ewig her, das mit Onkel Johann.«

Deutlich erkannte Stefanie Leitner Tränen im Gesicht der Inspektionsleiterin. Ihr Gesicht verzog sich zu einer Fratze.

»Ich war damals noch ein Kind, und er hat … und ihr habt nichts getan.«

Ihr Bruder schüttelte weiterhin ungläubig seinen Kopf.

»Das soll ich dir glauben? Du denkst noch immer daran? Du tickst doch nicht ganz richtig!«

Die Tür wurde hinter Stefanie Leitner aufgerissen, sie hörte Schritte, sah einen Schatten seitlich vorbeihuschen.

»Mörderin!«

Elfriede Auer stürzte sich auf die Inspektionsleiterin. Überrumpelt fiel diese nach hinten und landete hart auf dem Boden. Auer schlug mit ihren Fäusten auf die Frau ein. Umetzberger stöhnte, wehrte sich aber kaum, zu überrascht schien sie von dem Angriff zu sein. Auch ihr Bruder kam ihr nicht zu Hilfe. Stefanie Leitner sprang auf. Direktor Böck und drei uniformierte Polizisten stürmten in den Verhörraum. Elfriede Auer rollte sich von ihrem Opfer herunter. Umetzbergers Gesicht war blutverschmiert, schmerzverzerrt, aber sie war bei Bewusstsein.

Auer rang nach Luft, schwerfällig stand sie auf und zeigte auf Umetzberger. »Sie ist Martins Mörderin.«

Stefanie Leitner nickte. Nichts anderes hatte sie erwartet. Der ballistische Befund von Umetzbergers Waffe hatte also das erhoffte Ergebnis gebracht.

Fall endgültig gelöst.

47

In den vergangenen Tagen hatten sich die Nachrichten überschlagen und Stefanie Leitner war neben Böck im Rampenlicht gestanden. Sie hatte wesentlich zur Aufklärung der spektakulären Mordserie im Mostviertel beigetragen.

Ihr abschließender Bericht war so gut wie fertig. Umetzberger hatte gestanden. Die Inspektionsleiterin hatte Estera Ionescu mehrmals von den Holzers zu Fuß nach Hause laufen sehen. Dahinter zu kommen, wer für den Bankrott ihres Bruders mitverantwortlich gewesen war, hatte zuvor für die Polizisten kein Problem dargestellt. Als die Ursache allen Übels dann auch noch nach Sankt Georgen gezogen war, hatte Umetzberger das als Zeichen Gottes verstanden und Vergeltung geübt. Das Geld ihres Bruders, das vom Hof des Vaters der beiden stammte, der zur Hälfte ihr zugestanden wäre, hatte sie zurückverlangt. Estera hatte sie in jener Nacht jedoch nur ausgelacht. Da hatte Umetzberger abgedrückt und das Geld abgeschrieben. Erst als die trauernden Eltern Esteras davon berichtet hatten, dass ihre Tochter nie Geld nach Rumänien geschickt hatte, war Umetzberger der Idee verfallen, dass Daria sich nach dem Tod ihrer Mitbewohnerin unrechtmäßig bereichert hatte. Martin Huber war ein Kollateralschaden, den Umetzberger nicht bereute.

»Hätte er seinen Schwanz im Griff gehabt, würde er noch leben. Genauso wie dieser Lehrer!«

Bei dieser Aussage war Stefanie Leitner das erste und einzige Mal während Umetzbergers Vernehmung explodiert.

»Vergleichen Sie Martin Huber nicht mit Schwarzmüller!«, hatte sie geschrien.

»Wieso nicht? Beide hatten sich nicht unter Kontrolle!«

»Der eine hat …«

Leitner hatte den Satz abgebrochen, es war ihrer Meinung nach sinnlos, mit Umetzberger über dieses Thema zu streiten. Stattdessen hatte sie gefragt: »Wieso haben Sie Schwarzmüller getötet?«

»Weil ich es konnte und er es verdient hat. Ihr habt ja nicht einmal ansatzweise geahnt, dass ich Estera erschossen habe. Das Mädchen wollte keine Aussage gegen Schwarzmüller machen. Eine Anzeige der Eltern hätte nicht gereicht. Der Herr Lehrer hätte weiterhin seine Schülerinnen ungestraft verführen können.«

Leitner hatte es bei Umetzbergers Erklärungen belassen. Teilweise verstand sie die Gedanken der Frau sogar, entschuldbar waren die Taten dadurch aber keineswegs. Der Platz gegenüber von Leitner war verwaist. Den Mord an ihrem Kollegen würde sie ihr nicht verzeihen. Zumindest nicht in absehbarer Zeit. Ihr Telefon klingelte.

Eine externe Nummer.

»Sara Buchner hier.«

»Ja, bitte, was kann ich für Sie tun?«

»Sie sind sicher sehr beschäftigt. Ich störe auch nicht lange.«

»Sie stören nicht, was kann ich tun?«

»Daria, Daria ist ja so etwas wie eine Freundin für mich gewesen.«

»Ja, und?«

»Sie hat eine Tochter, Hermine, die bei ihren Großeltern lebt. Ich wollte ihnen nur mein Beileid ausdrücken. Haben Sie eventuell eine Telefonnummer?«

Stefanie Leitner blätterte in ihren Akten. Sie gab Sara Buchner die Telefonnummer durch. Danach verabschiedeten sie sich voneinander.

Geld, das Umetzberger in Darias und Esteras Wohnung vermutet hatte, war dort nicht gefunden worden. Es gab auch keine Konten in Darias oder Esteras Namen mit großen Geldsummen. Wohin das Geld verschwunden war, würde ein Rätsel bleiben.

Stefanie Leitner schloss den Bericht ab.

48

Der Page steckte die Schlüsselkarte in den Schlitz seitlich neben der Eingangstür. Sofort erhellten mehrere Leuchten das Zimmer, die Klimaanlage begann zu brummen. Sara beobachtete, wie der uniformierte Mann ihren riesigen Koffer auf die dafür vorgesehene Vorrichtung an der Wand des Hotelzimmers hievte. Er ließ sich nicht anmerken, ob er sich dafür mehr als sonst anstrengen musste. Sara spürte, dass ihr Leni bald zu schwer werden würde, trotzdem schaffte sie es, mit ihrer freien Hand dem jungen Mann einen der Ein-Dollar-Scheine in die Finger zu drücken, die sie sich extra für solch einen Fall in Sankt Georgens Bank hatte wechseln lassen. Jemandem eine Ein-Euro-Münze als Lohn zu reichen, schien ihr einfach unpassend. Mit dem kleinen Schein funktionierte das einfach besser. Obwohl Sara jetzt wohlhabend war, wollte sie keinesfalls nach außen hin so auftreten, um keine übermäßige Aufmerksamkeit auf sich und Leni zu ziehen.

Sara schloss die Hotelzimmertür hinter dem Kofferträger, stellte Leni auf deren Beine und legte noch zusätzlich die Sicherheitskette an der Tür ein. Dann drehte sie sich um und genoss erstmals den Anblick.

»Ist das nicht ein schönes Zimmer!«

Leni stimmte begeistert zu. Der breite Flachbildschirm erregte neben dem Kingsize-Bett die Aufmerksamkeit der Kleinen.

»Jetzt schauen wir nach, ob noch alles da ist.«

Sara griff mit ihrem Zeigefinger und Daumen nach dem vorstehenden Ende des Reißverschlusses an ihrem Koffer. Der Verschluss spießte, er wollte nicht so einfach aufgehen. Sara spürte, wie sich eine Hitzewelle anbahnte.

Es war ein Fehler, ging es ihr durch den Kopf, *ich hätte nie hierherkommen dürfen!*

Noch stärker zerrte Sara jetzt am Reißverschluss.

»Komm schon!«, rief sie. Dabei erntete sie einen verdutzten Blick Lenis.

»Ja!«

Endlich bewegte sich der Verschluss, langsam führte sie ihn außen einmal um die drei vorderen Seiten des Koffers herum. Dann hob sie die obere Abdeckung an und lehnte sie im Neunzig-Grad-Winkel an die Zimmerwand. Der kleine Plüsch-Puuh-Bär kam zum Vorschein. Tiger und

Ferkel waren auch mitgekommen. Natürlich ebenso eine noch fast komplette Packung Windeln, Kleider, Strumpfhosen, Bodys und Socken für Leni und einige wenige Kleidungsstücke für Sara selbst. Sie schob ihre Unterwäsche zur Seite. Zwei große Toiletttaschen kamen zum Vorschein.

Beide sind noch da!

Sara öffnete den Verschluss der vorderen Tasche.

Päckchen mit Fünfhundert-Euro-Scheinen blitzten ihr entgegen.

Erleichtert atmete sie aus.

Alles da.

Sara schaute auf ihre Armbanduhr.

»Frischer Popo«, sagte sie dann zu Leni. »In einer halben Stunde treffen wir uns mit Hermine! Da brauchst du einen frischen Popo!«

Lenis Gesicht hatte sich bei der Erwähnung des Namens aufgehellt. Sara hatte ihrer Tochter die Reise nach Sofia dadurch schmackhaft gemacht, dass sie dort auf Darias Tochter treffen würden und diese ihr bulgarisches Spielzeug mit Leni teilen würde. Leni hatte ihrerseits die gesamte Plüschtierbande rund um Winnie Puuh mitgebracht. Ob sie ihre geliebten Kameraden auch tatsächlich an Hermine verborgen würde, bezweifelte Sara jedoch.

Aber die kleine Hermine und ihre Großeltern erhalten ohnehin die Hälfte von Esteras Vermögen, für das Daria mit ihrem Leben bezahlt hat. Ich hoffe, sie bringen auch wirklich Puppen in lokaler Tracht mit, sonst ist Leni sehr enttäuscht.

Sara griff sich eine der Windeln aus dem Koffer, dann hob sie Leni auf und legte sie auf das Bett.

Ich bedanke mich zuallererst bei Ihnen, liebe Leserin oder lieber Leser, dass Sie sich für meinen Roman entschieden und meinen Figuren Ihre Gedanken und vor allem Ihre Zeit gewidmet haben! Viele Menschen haben mich in der Buchbranche in den vergangenen Jahren unterstützt und so zum Erfolg meiner Kriminalromane beigetragen - dafür danke ich Ihnen!
Meiner Familie danke ich für ihre Unterstützung, das Verständnis und ihre Inspiration.
Liebe Grüße aus dem niederösterreichischen Mostviertel,
Helmut Scharner

Tod im Museum

Paul Pecks zehnter Fall

In Salzburger Museum der Moderne wird die blutüberströmte Leiche eines Mannes gefunden. Es ist der Besitzer einer Möbelfirma aus Sendltal, einem Dorf im Salzburger Land. Paul Peck begibt sich in dem kleinen Ort auf die Suche nach dem Mörder. In Sendltal brodelt die Gerüchteküche. Rasch macht Peck die Erfahrung, dass Detektive hier nicht gern gesehen sind. Deshalb soll sein Mitarbeiter Braunschweiger undercover ermitteln. Als Landschaftsmaler getarnt, übersiedelt er nach Sendltal. Paul Peck und Braunschweiger stoßen auf verschwiegene Dorfbewohner, einen mysteriösen Arzt – und auf einen weiteren Toten.
978-3-99074-257-0